白いバラのブーケ

ノーラ・ロバーツ

久坂 翠 訳

MIRA

MIRA文庫

For Now, Forever
by Nora Roberts

Published by Harlequin K.K., Tokyo, 2003

マクレガー家

18世紀

『反乱』

- フィオーナ ＝ イアン
  - マルカム
  - グエン
  - セリーナ ＝ ブリガム・ラングストン
    - ダニエル
  - カル ＝ マギー
    - イアン

現代

- アンナ ＝ ダニエル 『白いバラのブーケ』
  - セレナ ＝ ジャスティン・ブレード 『真珠の海の火酒』
    - ロバート（マック）
  - ケイン ＝ ダイアナ 『夢よ逃げないで』
    - ローラ
  - ジュヌビエーブ（ジェニー） ＝ グラント・キャンベル 『嵐のソリチュード』
  - アラン ＝ シェルビー 『ポトマックの岸辺』
    - ダニエル

ジャスティン・ブレード …… ダイアナ：兄妹

グラント・キャンベル …… シェルビー：兄妹

ジュヌビエーブ（ジェニー） …… ローラ：いとこ

白いバラのブーケ

■主要登場人物

ダニエル・ダンカン・マクレガー……投資家。
アンナ・ホワイトフィールド……医科大学生。
マイラ・ローンブリッジ……アンナの親友。
ハーバート・ディトマイヤー……アンナの幼なじみ。地方検事。
マクビー……ダニエルの執事。
サリー……ダニエルのコック。
スティーブン……ダニエルの庭師兼運転手。
ケラーマン夫人……ベテラン看護婦。
ヒッグス夫人……入院中の患者。

プロローグ

「ママ」

　アンナ・マクレガーは、足もとにうずくまる息子の手をしっかりと握りしめた。恐れと悲しみに打ちひしがれそうだったが、意志の力でそれをはね返した。子どもたちがこれからやってくるのだと思うと、取り乱してなどいられなかった。

「ケイン」アンナは氷のように冷たい手で、息子の手をさらに強く握りしめた。顔からは血の気が引き、目は恐怖におびえていた。

　ケインは、母親がこんなにおびえているのを、生まれてこの方一度も見たことがなかった。ただの一度も。

「だいじょうぶ、ママ？」

「もちろんよ」アンナはきっぱりと答え、息子の頬に軽くキスした。「あなたたちが来てくれたんで、もう安心だわ」そういうと、自分の隣に座っているケインの妻ダイアナの手を握った。ダイアナの長い黒髪やコートの肩には雪がかかっていたが、室内の暖かい空気に触れて、もう溶け始めている。アンナは、深く息を吸って息子に視線を戻した。「ずいぶん早く着いたのね」

「飛行機をチャーターしたんだよ。パパの容体はどう？」弁護士として活躍し、最近父親になったばかりのケインは落ち着いた口調でいったが、ほんとうは子どものようにこう叫びたかった。嘘《うそ》だ！　親父《おやじ》は不死身なんだぞ。マクレガー家の男なんだぞ。そんな親父が、けがをして入院なんかするはずがないじゃないか、と。

肋骨《ろっこつ》骨折、肺虚脱、脳震盪《のうしんとう》に内出血。医師であるアンナは、その気になりさえすれば、夫の容体を正確に伝えることもできた。けれども、彼女は医師であると同時に母親でもあった。「お父さまは今、手術室にいるわ」相変わらず息子の手を握りしめたまま、うっすらとほほ笑みながらいった。「ケイン、お父さまは強い方よ。それに、担当のフェインスタイン先生はこの州きっての名医だし。ところでローラは？」

「ローラはルーシー・ロビンソンに預けてきたの」ダイアナは静かに答えると、義母を気づかうように彼女の手をゆっくりとなでた。「だから、心配なさらないで」

「心配はしてないわ」アンナはもう一度ほほ笑んだ。「でもね、ダニエルがどんな人か、あなたも知ってるでしょ？　ローラは初めての孫娘ですもの。お父さまが目を覚ましたら、ローラはどうしたって大騒ぎするに決まってるわ」もし目を覚ましたらね……ああ、目を覚ますに決まっているわ。

「アンナ?」ダイアナは、きょうにかぎっていかにもかよわく見える義母の肩を抱いた。「何か召し上がったの?」

「え?」アンナはかすかに頭を振り、立ち上がった。三時間。夫は三時間前から手術室に入ったきりだ。医師として手術室にいる分には何時間でも耐えられるが、愛する人の安否を気づかいながら、この冷え冷えとした待合室にいるのは、三時間が限度のように思えた。

なまじ手術室のようすを知っているから、よけいに不安が募るのだ。しんとした手術室に響く物音、おびただしい数の医療機器、額から噴き出る玉の汗。それらを思い出すと急に恐ろしくなって、思わず金切り声をあげたくなったが、アンナはかろうじて自分を抑え、腕組みをしながら窓辺まで歩いた。

数時間前まで降りしきっていた雪も、もうほとんどやんでいた。この雪のせいで、道路がスリップしやすくなっていたに違いない。アンナは、はらはらと舞い落ちる雪をじっと見つめながら、思わずこぶしを握りしめた。この雪のせいで、視界をさえぎられたどこかの若者の車が暴走して、ダニエルのあのばかげたふたり乗りの自動車に突っ込んだのだ。

ダニエル、なぜあなたはリムジンに乗っていなかったの? あの赤くてけばけばしいおもちゃみたいな車に乗って、何を証明しようとしたの? いつもそうやって自分を誇示してばかりいるのね。そう、いつだってそうよ。

アンナはふと若いころを思い出し、握りしめていた両手を開いた。でも、わたしがあなたを愛した理由のひとつはそれだったのよ。今まで四十年近くもあなたを愛し続けて、いっしょに暮らしてこられた理由は。

ダニエル・マクレガー、ほんとにあなたには開いた口がふさがらないわ。うふふ、この台詞《せりふ》、もう何度いったかしら？　数えきれないわ。

アンナは急に大声で笑いたくなり、あわてて両手で顔をふさいだとたん、背後で足音がした。くるりと振り向くと、長男のアランがいた。

ダニエルは、まだ子どもが生まれないうちから、自分の子どものうちひとりはホワイトハウスに送るのだと豪語していた。アランはそんな父親の期待にかぎりなく近づいていたが、性格は三人の子どもの中ではいちばんの母親似で、物静かな裏に激しさを秘めていた。

「よく来てくれたわね。お父さまが喜ぶわ」アンナは大声で泣き出したいのをこらえながら、アランを抱き締め、静かな口調でいった。「でも、こんなときにどうしてシェルビーを連れてきたんだって、叱《しか》られるかもしれないわね」そういうと、アランの妻シェルビーにほほ笑みかけ、手を差し伸べた。「あなたは座ったほうがいいわ」

優しい目と燃えるような赤毛のシェルビーは、出産を間近に控えて、大きなおなかをかかえている。「お母さまもいっしょに座りましょう」シェルビーはそういい、アンナを椅子に連れていった。

腰を下ろしたアンナの両手に、ケインがすかさずコーヒーカップを握らせた。

「ありがとう」アンナは小声でつぶやき、ほんのおしるし程度にコーヒーをすすった。強い香りと、舌をやけどするほどの熱さは感じられたが、味がさっぱりわからない。いつもは何気なく聞いている呼び出し用のチャイムや、タイルの床をぴたぴたとたたくゴム底の靴の音も、今は不安をかきたてるだけだった。

ケインはいつもの癖で、部屋の中を行ったり来たりしていた。彼が初めての裁判に勝ったとき、アンナもダニエルもどれほど息子を誇りに思ったことだろう。その兄のアランは、彼女の隣でいつものように静かに座っている。そうやってじっと苦しみに耐えているのだ。そんなアランの手を妻のシェルビーが握りしめ、優しくほほ笑んだ。

ダニエル、わたしたちの息子はふたりともいい相手を選んだわ。アンナはひそかに心の中で夫に話しかけた。ケインは物静かで意志の強いダイアナを、アランは開放的なシェルビーを。ひとつの関係を持続させるには、愛情や情熱も必要だけど、バランスだって大事ですものね。息子たちは小さいときからわたしたち夫婦を見ていて、いつしかそれを学んだんだわ。それに、娘も……。

「レナ！」ケインは大声で叫ぶと部屋を横切り、妹のセレナを抱き締めた。

ふたりともよく似ていること。スリムで、華やかで。アンナはぼんやりと兄と妹を見比べた。三人の子どもの中で、セレナがいちばん父親似だわ。短気で頑固なところが特に。それにしても、みんな大きくなったわね。いつのまにこんなに大きくなったのかしら？

わたしたち、とてもうまくやったのね、ダニエル。こんなにすばらしい子どもたちやわたしを置き去りにして、死んだりはしないでしょうね？

「パパは？」セレナは、兄と夫の手を同時に握りしめながらたずねた。

「まだ手術中だ」ケインはかすれた声で答え、セレナの夫ジャスティンに振り向いた。

「来てくれて、うれしいよ。母さんにはみんなの支えが必要だからね」

「ママ」セレナは、子どものころいつもそうしたように、母の足もとにひざまずき、努めて明るい口調でいった。「タフなパパのことだから、すぐに元気になるわよね？」

アンナは、祈るような娘の目を見逃さなかった。パパは元気になるっていって。もしママがそういってくれたら、わたしもそれを信じるから。娘の目はそういっていた。

「もちろんよ」アンナはそういってから、ジャスティンをちらっと見上げた。ジャスティンもダニエル同様、意欲的な実業家だ。「なにしろ、転んでもただでは起きない人ですもの」

セレナは声を震わせながら笑った。「ジャスティンも同じことをいったのよ」

ジャスティンはすでに妹のダイアナの肩に腕を回していた。セレナはほほ笑みながら立ち上がり、ダイアナと抱擁を交わした。「ダイアナ、ローラはどうしてるの？」

「元気よ。ちょうど二本目の歯が生えたところ。マックは？」

「腕白で、手に負えないわ」セレナは、早くも祖父ダニエルを崇拝し始めた息子のことを思い浮かべた。「シェルビー、具合はどう？」

「太ったわ」シェルビーは、一時間ほど前から始まった陣痛を隠そうとしてにっこり笑うと、アンナにいった。「兄に電話をしたら、夫婦揃《そろ》ってこちらへ来るといってました。構いませんわね？」

「もちろんよ」アンナはシェルビーの手を軽くたたいた。「グラントもジェニーも家族ですもの」

「パパったら、きっと大騒ぎするわよ」セレナはそういうと、新たな恐怖に襲われ、ごくりとつばをのみ込んだ。「家族全員が一堂に会するなんて、めったにないことですもの。それに、わたしとジャスティンからちょっとしたお知らせがあるの。わたしたちにふたり目の子どもが生まれるのよ。家系は絶やさないようにしないとね」セレナは再び母の足もとにひざまずいた。「きっとパパは喜んでくれるわよね、ママ？」

「ええ」アンナは娘の頬にキスしながら、今いる孫たちや、これから生まれてくる孫たちのことに思いをはせた。どの子もダニエルの血を引いているのだと思うと、夫の得意そうな顔が目に浮かぶようだ。「でもパパは、それもみんな自分のおかげだっていばるんでしょうね」

「でも、そのとおりじゃないのかな」アランが小声でつぶやいた。

アンナは込み上げる涙をこらえた。みんな自分の父親の人となりをよく知ってるわ。

「ええ、そうよね」

時間が長引くにつれて、部屋を行ったり来たり、ひそひそ話をしたりする回数が増した。アンナはいたたまれない気分になり、冷めたコーヒーをわきへどけた。ダニエルが手術室へ入ってから、もう四時間二十分もたっている。時間がかかりすぎる。そう思っていると、隣に座っているシェルビーが、顔をこわばらせながら、ゆっくりと深呼吸をし始めた。

アンナはとっさにシェルビーのおなかに手を当てた。「どのくらいの間隔なの？」

「ちょうど五分間隔です」

「どのくらい前から？」

「二、三時間前から」シェルビーは半ば興奮し、半ばおびえたような目つきでアンナを見た。「実際には三時間ちょっと前からかもしれません。もうちょっとよく計っておくんだったわ」

「いいえ、あなたの計り方は正確よ。いっしょについていってあげましょうか？」

「いいえ」シェルビーはアンナの首に鼻をすり寄せた。「だいじょうぶですわ、わたしも子どもも」そういうと、椅子から立ち上がろうとして、夫に両手を差し出した。「アラン、わたし、ジョージタウン病院では出産しないわ」

アランは妻の手を優しく引っ張った。「なんだって？」

「ここで子どもを産むの。それも、もうすぐ」シェルビーは、いぶかしげに目を細める夫にほほ笑みかけた。「赤ん坊に理屈をいってもむだよ、アラン。とにかく、もう生まれてくる気らしいから」

全員がどっとシェルビーの周りに集まり大騒ぎをしている中で、ひとりアンナだけはてきぱきとした態度で看護婦と車椅子を呼び寄せ、シェルビーを車椅子に座らせた。「あとでようすを見に行くわね」

「だいじょうぶです」シェルビーは肩越しに手を伸ばし、夫の手を握った。「ダニエルに伝えてください。男の子が生まれるって。そうに決まってるって」

シェルビーとアランを乗せたエレベーターのドアが閉まったとたん、医師のフェインスタインが通路に姿を現した。

「サム」アンナは大声で医師を呼び、急いで駆け寄った。

ジャスティンは、あわてて駆け寄ろうとするケインを戸口で引き止め、小声でささやいた。「アンナに少し時間をあげようよ」

「アンナ」フェインスタインはアンナの肩に両手を置きながら、今目の前にいるのは、日ごろ自分が尊敬する外科医のアンナではなく、一患者の妻にすぎないのだと自分自身にいい聞かせた。「彼は強い人だ」

アンナはたちまち希望で胸がふくらむのを感じたが、努めて冷静にいった。「持ちこたえたの？」

「ご主人は大量に出血したんだよ、アンナ。それにもう若くもない。でも、出血は我々の手でどうにか食い止めたよ」フェインスタインは一瞬ためらってから、思いきっていった。「実は、ご主人は一度仮死状態に陥ったんだ。でも、数秒後にまた息を吹き返した。生への執着がそうさせたんだろうけど、それにしても、ものすごい意志の強さだよ」

アンナは急に寒気を覚え、自分の体を両手で抱き締めた。「いつ夫に会えるの?」

「これから彼を集中治療室に連れていくところだ」フェインスタインはアンナの肩にしっかりと手を置いたままいった。「アンナ、これからの二十四時間が何を意味するか、僕がいうまでもないね?」

生きるか死ぬかの瀬戸際なのだ。「もちろんよ。ありがとう、サム。子どもたちに話してから、わたしも上に行くわ」アンナは静かに答え、きびすを返して待合室に向かって歩き出した。

何があろうと覚悟はできている。廊下を歩く小柄で美しい老婦人の足取りは、三人の子どもを育てるかたわら医師としての仕事に励み、一生ひとりの男性を愛し続けてきた女性の自信と落ち着きにあふれていた。

「ダニエルは手術室を出たわ」アンナは努めて冷静を装い、静かな口調でいった。「これから集中治療を受けるの。出血は止まったそうよ」

「いつ会えるの?」全員が口を揃えてたずねた。

「パパが目を覚ましたらね」アンナは毅然《きぜん》としていった。「わたしは今夜ここへ泊まるわ。ダニエルが目を覚ましたときに、そばにいてあげたいから。もっとも、あしたの朝にならないと、話をするのは無理でしょうけど。あなたたちは産婦人科の病棟に行って、シェルビーを見舞ってやって。好きなだけいて、そのあとは家に戻りなさい。もし変わったことが起きたら、すぐに電話で知らせるから」

「ママ……」

アンナはとがめるような目つきをし、ケインのことばをさえぎった。「いわれたとおりになさい。十分に休んで、面会できるようになったら、元気な姿をお父さまに見せてあげてほしいの」そういうと、ケインの頬に手を当てた。「わたしのためにもね」

ダニエルは夢を見ていた。麻酔がかかっていても、自分は夢を見ているとわかるのだ。夢は、数多くの思い出に彩られた優しい映像に満ちていた。けれども、彼はその夢と闘った。まだ死なんぞ。死んでたまるか。そう自分にいい聞かせながら。

目を開けると、アンナがいた。きれいだ。相変わらずきれいだ。妻がいてくれれば、ほかには何もいらない。タフで頑固で冷静な妻。自分が初めて崇拝し、愛したこの女さえいてくれれば。ダニエルは妻に向かって手を伸ばそうとしたが、手を上げる力がない。いらいらしながらもう一度手を伸ばそうとすると、妻の優しい声がした。

「じっとしてるのよ、あなた。わたしはどこへも行かないわ。ここでずっと待ってるつもりよ」アンナは夫の手の甲にそっとキスした。「愛してるわ、ダニエル。このおばかさん」

ダニエルはにやっと笑い、再び目を閉じた。

1

帝国。弱冠十五歳でダニエル・マクレガーは自らそれを打ち立て、支配することを心に誓った。

以来、その誓いを忘れたことは一日としてなく、三十歳になった今もなお、最初に百万ドルを得たときと同じ執念を燃やして、二度目の百万ドルをつかもうとしていた。今まで同様、忍耐力と明晰《めいせき》な頭脳、それに純然たる悪知恵を駆使して。

そうでなければ、なんのために五年前、わざわざスコットランドくんだりからアメリカへ渡ってきたのかわからない。なにしろ、坑夫から身を起こし、その後も炭鉱の帳簿係として働きながらこつこつためた金を懐に、野心満々でこの国へ来たのだから。

帝国を立てたいなどと、どでかい夢を持つだけあって、ダニエルは風采《ふうさい》もなかなか立派だった。身長は百九十三センチもあったし、骨格もがっちりしていた。体格のせいで、人に一目置かれたり、逆にけんかを吹っかけられたりすることもあったが、彼はどちらの場合にもそれなりに対応した。人には短気といわれたが、自分ではけっこう温厚だと思っていたし、昔取った杵柄《きねづか》で腕っぷしにも自信があった。

そんなダニエルだったが、顔には今ひとつ自信が持てなかった。長くて角張った顎や、その右端にある傷跡が気になって、どうひいき目に見ても自分がハンサムだとは思えなかった。傷は坑内のゆるんだ梁《はり》の直撃を受けてできたのだが、傷跡を隠すために十代のころから生やし始めた顎髭《あごひげ》は、それから十二年たった今も健在だった。その顎髭と普通より長めに伸ばした髪とで顔を囲めば、ハンサムとはいえなくても野性味と威厳が備わる。幸い、瞳はディープブルーで美しく、これも仕上げにひと役買っていた。

強引。これはダニエルの人柄を説明するときによく用いられることばだ。それにもうひとつ、無慈悲。けれども彼は、人になんといわれようと、無視されるよりはいいと思った。それに、ギャンブラーには、強引さも無慈悲も必須《ひっす》条件といえる。といっても、彼の場合は不動産や株式に賭《か》けるのだが。

ダニエルの賭《かけ》は常に真剣勝負だった。つかんだチャンスは必ずものにしたし、それを元手にさらに利益を追求した。安全は退屈のもとだから、一度も安全すぎる賭をしたことはなかった。

貧しい家に生まれたが、決して拝金主義者ではなかった。金を利用し、金を巧みに操り、金でゲームをしたのだ。金は力であり、力は武器だった。

ダニエルにとってはアメリカは、巨大な投機市場だった。富を求めて、めまぐるしく変化する都市ニューヨーク。そこでは、頭脳と才覚さえあれば、だれでもひと財産を築くことができる。そして、一攫千金《いっかく》を夢見る男たちが集まる、刺激に満ちた町ロサンゼルス。想像力豊かな男なら、そこで自分の帝国を築くこともできるのだ。

ダニエルはふたつの都市を股にかけビジネスをしてきたが、本拠地としてはボストンを選んだ。彼が求めていたのは、単に金や力だけではなく生活のスタイルでもあったが、伝統の重みと度し難いスノビズムに満ちた古都ボストンは、そんな彼の要求にぴったりかなっていた。

ダニエルは、代々、英知と武力を携えて王に仕えた戦士の家系に生まれた。だから、自分の家柄に強烈な誇りを持ち、強い子孫にその家系を引き継がせるつもりでいた。

といっても、家族がなければそれもできない。帝国の支配者として君臨できないのだ。だから、まず手初めに、しかるべき妻が必要だった。ダニエルにとって、妻をめとることは、不動産の優良物件を獲得すること同様計算ずくの投機であり、このドナヒュー家が主催する夏の舞踏会にやってきたのも、妻にふさわしい女を物色するためだった。

マックスウェル・ドナヒューの長女キャスリーンは、スイスの花嫁学校でレディーとしてのマナー全般を学び、先ごろ帰国したばかりだった。

「マクレガーさん、我が家のささやかなパーティーを楽しんでいただいてますでしょうか？」キャスリーンが優雅な口調でたずねた。

肌はすべすべしてるし、髪も亜麻色で悪くないが、肩の薄いのが惜しいな。ダニエルはそんなことを思いながら如才なく答えた。「あなたの顔を見てますます楽しくなりましたよ、ドナヒューさん」

キャスリーンは低く柔らかな声で笑うと、タフタのスカートに衣《きぬ》ずれの音をさせながら、ダニエルの隣に座った。そこは細長いビュッフェテーブルの端で、トリュフとサーモンムースを食べようとする客は必ず、ふたりがいっしょのところを目にする場所だ。キャスリーンは壁の鏡に映った自分たちふたりの姿を見て、なかなかお似合いだと思った。

「父に聞いたんですけど、父の所有するハイアニスポートの断崖《だんがい》をお買いになりたいそうですね」キャスリーンはまつ毛を二度しばたたいた。「でも、きょうはまさか、ビジネスの話をしにいらしたんじゃないんでしょう?」

ダニエルは、シャンパンを飲みながら、キャスリーンの顔をじっくり観察した。日ごろ口の固いマックスウェル・ドナヒューが、娘にビジネスの話を漏らすはずがないと思ったが、キャスリーンが嘘《うそ》をついたことを責める気はなかった。むしろ、彼女の情報収集能力を褒めてやりたいほどだったが、まさしく同じ理由で、キャスリーンは自分の妻としてふさわしくないと思った。ダニエルにいわせれば、妻たる者は赤ん坊を育てることに専念し、ビジネスに口を挟むべきではないのだ。

「美しい女性を差し置いてビジネスの話をするほど、やぼではありませんよ。あの断崖にいらしたことがおありですか?」

「もちろんですわ」キャスリーンは首をかしげた。ダイヤモンドのイヤリングに光が当たった。「でも、わたしは都会のほうが好きなんですの。ところで、来週ディトマイヤーさんのお宅で催されるディナーパーティーには出席されますか?」

「もし町にいればね」

「しょっちゅう旅をなさってるんですね」キャスリーンは優雅にほほ笑んで、シャンパンをすすった。夫といっしょに旅をするのも悪くないわ、そう思いながら。「きっと楽しいんでしょうね?」

「仕事ですよ。ところで、あなたはパリからお帰りになったばかりなんでしょう?」

「三週間いたんですけど、買い物するだけで終わってしまいましたわ。このドレスの仮縫いにどのくらい時間がかかったか、おわかりになります?」

ダニエルはキャスリーンの期待どおりに視線を上下させた。「さあ。でも、時間をかけただけのことはあったようですね」

「まあ、ありがとう」キャスリーンは立ち上がってポーズを取ったが、ダニエルはすでにうわの空だった。女性がドレスやヘアースタイルばかりに興味を集中することは知っていたが、彼にしてみればその手の話題は退屈きわまりない。ダニエルが自分に興味をなくしたことを感じたキャスリーンは、もう一度彼の気を引こうとして腕に触った。「あなたもパリにいらしたことがあるんでしょう、マクレガーさん?」

確かに、ダニエルもパリに行ったことはあった。ただし、そこで彼が見たものは、戦争によって無残に破壊されたかつての美しい街並みだ。自分にほほ笑みかけているこの女性とは縁のないものだし、その必要もないだろう。ダニエルはなんとなくむなしい気分になり、シャンパンをすすった。

「ええ、何年か前に」ダニエルは、周囲にあふれる宝石やクリスタルの輝きにさっと視線をめぐらせた。室内には、富のにおいとしかいいようのないにおいが漂っている。彼はこの五年間でそのにおいに慣れたが、炭塵《たんじん》のにおいもまだ忘れてはいないし、忘れるつもりもなかった。「でも、ヨーロッパよりもアメリカが好きでこちらへ来たんですよ。こんなに盛大なパーティーもアメリカならではですからね」

「お褒めにあずかって恐縮ですわ。音楽も楽しんでいただけて?」

「大いに楽しんでいますよ」ダニエルは心にもないことをいった。ほんとうは、堅苦しいタイをつけて聴くオーケストラなんかより、素朴なバグパイプの音色が恋しかった。

「もしかしたら、逆かと思ってましたわ。だって、さっきから一度も踊ってらっしゃらないから」

ダニエルはキャスリーンの手からうやうやしくグラスを取り、ふたつのグラスをテーブルに置いた。「いや、これから踊りますよ、ドナヒューさん」そういってダニエルは、キャスリーンをダンスフロアに連れ出した。

「キャスリーン・ドナヒューのやることって、相変わらず見え透いてるわね」マイラ・ローンブリッジはパテをほおばり、ふんと鼻を鳴らした。

「マイラ、人のことはほっときなさいよ」

「わたしって、不作法な人間も、ちゃっかりした人間も、多少ばかな人間も、みーんな許せちゃうんだけど、見え透いてる人間だけは許せないのよ」

「マイラったら！」

「はい、はい。ところでアンナ、きょうのあなたのドレス、すてきね」

アンナと呼ばれた娘は、薔薇《ばら》色のシルクのドレスをちらっと見下ろした。「あなたが選んだんじゃないの」

「だからすてきなのよ」マイラはいかにも満足そうにほほ笑んだ。「もしあなたが本ばかり読んでないで、もう少しおしゃれに関心を持ったら、キャスリーン・ドナヒューの高慢ちきな鼻なんて簡単にへし折ってやれるんだけどね」

アンナは静かにほほ笑み、踊っている人々をじっと見つめた。「キャスリーンの鼻には興味ないわ」

「そう、たいしておもしろくもないわね。でも、彼女と踊っているあの男性はどう？」

「あの赤毛の大男？」

「じゃ、気がついてたのね」

「わたしにだって目はついてるのよ」アンナはそういいながら、体よくこの場を抜け出す機会を虎視眈々《こしたんたん》とねらっていた。実のところ、一刻も早く家に戻り、ドクター・ヒューイットに送ってもらった医学雑誌を読みたいのだ。

「あの人だれだか知ってる？」

「だれのこと？」

「アンナったら」

アンナは笑いながらワインをすすった。「わかったわ。だれなの？」

「ダニエル・ダンカン・マクレガー」マイラはそういうと、わざともったいぶって間を置いた。彼女は二十四歳。お世辞にも美人とはいえなかったが、頭の回転の速いチャーミングな女性だ。「今ボストンでは、彼のうわさで持ち切りよ。あなたももう少し社交界に興味を持てば、名まえぐらいは知ってるはずなんだけど」

「どうしてわたしがそんなものに興味を持たなければいけないの？　あなたから話を聞けば十分よ」

「わたしが話さないといったら？」

アンナはマイラの挑発を無視して、またワインをすすった。

「わかったわ、話すわよ」マイラはゴシップが大好きで、しゃべらずにはいられないのだ。「彼はスコットランド人よ。ルックスとか名まえとかでわかるとおりね。一度彼と話してみるといいわ。すごく断定的なものの言い方をするから」

そのとき、うわさの主ダニエルが部屋中に響き渡るような大声で笑った。

「なるほど、笑い方も断定的ね」アンナは皮肉っぽく眉を上げた。

「彼には多少粗野なところがあるんだけど」マイラはキャスリーンに意味ありげな視線を送った。「とにかく百万長者なんだから、ある種の人たちからは何をしても大目に見てもらえるのよ」

アンナは、キャスリーンが財産目当てにダニエルに近づいているのだと知り、急に彼に同情した。「彼、自分が毒蛇と踊ってるんだってことに気がつけばいいんだけど」

「彼もまんざらばかじゃなさそうだから、いずれ気がつくでしょ。ところであの人、半年前にオールドライン・セービング・アンド・ローンを買収したんですってよ」

「へえ?」アンナは肩をすくめてみせた。病院経営に関すること以外は、ビジネスにはまったく興味がない。左側に人の気配を感じて振り向くと、幼なじみのハーバート・ディトマイヤーが見知らぬ紳士といっしょに立っていた。

「こんにちは」アンナはほほ笑みながら声をかけた。

「やあ、会えてうれしいよ」ハーバートは、アンナより五、六センチ背が高いだけの、細面で生まじめそうな顔をした学者タイプの男だ。黒い髪は早くも若はげの徴候を示していたが、きりりと結んだ口もとには強い意志が感じられた。「きれいだよ」ハーバートはそういって、連れの紳士を紹介した。「いとこのマークだ。こちら、アンナ・ホワイトフィールドにマイラ・ローンブリッジ」ハーバートは一瞬マイラを見つめたが、オーケストラがワルツを演奏し始めるや、アンナの腕を取った。「さあ、踊ろう」

「近く、祝賀パーティーがあるんですってね」アンナは気軽にステップを踏みながら、頼もしそうにハーバートを見上げた。「地方検事さん」

ハーバートはにやりとした。「ボストンのニュースがコネチカットまで届くとは思わなかった」そういうと、いとこと踊っているマイラをちらっと見た。「これからはせいぜい行動に気をつけないと」

アンナは楽しそうに笑った。「コネチカットの学校へ行ったからって、ボストンに興味をなくしたわけじゃないのよ。今度のことは立派だわ」

「こんなの、ほんの序の口さ。それに、きみだってあと一年もすればドクターじゃないか」

「あと一年ね。でも、永遠みたいに思えるときがあるわ」アンナはそっとつぶやいた。

「じれったいのかい？　きみらしくもないな」

「早く一人前の医者になりたいのよ。そうすれば両親だって、わたしが医者になることに賛成してくれるかもしれないでしょ？」

「表向きは反対してるかもしれないけど、きみのお母さんなんか、きみが学年で十番以内の成績だって、うれしそうに話してるよ」

「ほんと？　それはうれしいわ。もっとも、母はいまだに、だれかいい男性が現れて、わたしに手術室やおまるを忘れさせてくれるのを望んでるけど」

ハーバートがアンナの体をくるりと回した。とたんにダニエル・マクレガーと目が合ったが、アンナはなぜか背すじに寒気を覚えた。ダニエルはキャスリーンというれっきとしたパートナーがありながら、意味ありげな目つきをしてこちらをじっと見つめていた。もしかしたら、わたしの勘違いかもしれないわ。アンナが胸をときめかせながら冷ややかに見つめ返すと、ダニエルはそれを挑戦と受け止めたのか、ひどくゆっくりとほほ笑んだ。

アンナは、それからのダニエルの行動を、感心しながらじっと見つめていた。なんとダニエルは、フロアの端にいる男にそれとなく目配せし、あっというまにキャスリーンを押しつけてしまったのだ。それから彼は、人波をすいすいとかいくぐり、アンナのそばまで来た。実をいうと、アンナが踊り始めたときから彼女に目をつけ、あれこれ値踏みをしていたのだが、目が合った瞬間、チャンス到来とばかりに行動を開始したのだ。

目の前で見るアンナは、キャスリーンと比べると小柄で繊細な感じがした。ソフトでつややかな髪は漆黒で、瞳も同じ色をしている。クリームのような白い肌や、なだらかな肩の線が、薔薇色のドレスに映えてひときわ美しい。

ダニエルはいつもどおり、自信たっぷりな態度でハーバートの肩をたたいた。「代わってもらえるかな？」

ハーバートが黙ってうなずきアンナの手を放すと、ダニエルは即座に彼女の手を取り踊り始めた。

「うまい手を使いましたわね、マクレガーさん」

ダニエルは自分の名まえがすでに知られていることに満足し、にっこりした。「ありがとう。ところでお名まえは？」

「アンナ・ホワイトフィールドです。でも、あれはずいぶん失礼なやり方ですわ」

意表をつかれたダニエルは一瞬アンナを見つめたが、すぐに大声で笑い出した。「まあ失礼には違いないけど、僕はどんな場合でもいちばん有効な手段を使う主義だからね。ところでホワイトフィールドさん、あなたに会うのはきょうが初めてだけど、ご両親とは面識があるんですよ」

「ありそうなことですね。ボストンへは最近越していらしたんですか、マクレガーさん？」

「イエスというべきでしょうね。ここに住み始めてからまだ二年ですから」

「ここでは三代前に越してきた人でないと、土地の人間とみなされないんですよ」

「それか、頭のいい人間でないとね」ダニエルはそういいながら、アンナを三回ターンさせた。

「あなたはそうだって、前にだれかから聞きましたわ」

「僕はいつまでもそういわれ続けるでしょうね」

「そうかしら？」アンナはいぶかしげに眉を上げた。「妙な話だわ」

「そう不思議がることもないでしょう」ダニエルは落ち着き払って答えた。「代々さかのぼれるご先祖さまがいるか、もしくは頭を使ってお金を増やしていくしかないんですからね」

アンナにはダニエルのいい分が理解できたが、どちらの場合も俗っぽくて好きではなかった。「世間の基準が柔軟で幸いでしたわね」

ダニエルは、そっけないアンナの返事を聞いてほほ笑んだ。この娘はばかじゃないな。それに、キャスリーン・ドナヒューみたいに欲の皮が突っ張ってもいないようだ。「きみの顔は、僕の祖母が首にかけていたカメオのペンダントに似てるな」

アンナは眉を上げ、かすかにほほ笑んだ。「ありがとう、マクレガーさん。でも、そういうお褒めのことばは、キャスリーンのために取っておいてあげたほうがよくってよ。彼女のほうがわたしなんかより感激屋さんだから」

ダニエルは一瞬顔をしかめたが、すぐに気を取り直し眉根を開いた。「ずいぶんずけずけいうんだな、お嬢さん。でも、僕は自分の気持ちをぎりぎりまで話す女性を尊敬するよ」

アンナは妙に攻撃的な気分になり、ダニエルの目をまっすぐに見つめた。「ぎりぎりって、なんのですの、マクレガーさん？」

「女らしさの限界さ」ダニエルは答え、アンナが気づくまもなく、彼女を抱いたままテラスのドアをくぐった。

テラスに出たとたん、アンナはほっとひと息ついた。熱気でむんむんしているダンスホールに比べて、テラスの空気はひんやりとしていてとても気持ちがいい。しかし、いくらそうだからといって、男性とふたりきりでこんな場所にいるのはアンナの趣味ではなかった。本来ならば、きっぱりとした態度で室内へ戻るところだが、なぜかそうする気になれず、ダニエルに抱かれたままその場にいた。月の光を浴び、優しい薔薇のにおいに包まれながら……。

「マクレガーさん、あなたは女らしさについて独自の見解をお持ちのようですけど、もしかしたら、今は二十世紀なんだということをお忘れになってるんじゃありません？」

ダニエルは侮辱されてもいっこうに動じず、余裕たっぷりに答えた。「ホワイトフィールドさん、僕は常々こう思ってるんですよ。女らしさというのは永久不変のもので、時代や流行と共に変化するようなものじゃないってね」

「わかりましたわ」アンナはダニエルから離れ、庭にいちばん近いテラスの端まで行った。空気が甘い香りを放ち、月光がおぼろに差している。遠くに聞く音楽は、室内で聞くよりもはるかにロマンティックに思えた。

今しがた会ったばかりの男性と個人的な会話を、それもいい争いに近い会話を交わしたアンナだったが、あわててそれをやめる気もなかった。男性に伍《ご》して論争する自信はあったし、将来のためにもその姿勢は維持しなければいけないのだ。

とはいえ、男性ばかりのクラスの唯一の女子学生だから、男性の自尊心を傷つけることなく、彼らと対等につき合うのには、それなりの苦労があった。入学当初は、取り澄ましているとかがり勉だとか、さんざん悪口をいわれたものだが、最終学年を迎えようとする今では、同級生からほぼ認められるようになっていた。

といっても、それも学生なればこその話で、インターンになったら、どんな事態が待ち構えているかも十分承知していた。女らしくないとレッテルを貼《は》られることにまだ多少の抵抗はあるものの、そういわれるのもやむをえないと、とっくの昔にあきらめていた。

「ずいぶんロマンティックな女性観をお持ちですのね、マクレガーさん」アンナはスカートの裾《すそ》を翻しながら、ダニエルに振り向いた。「でも、それについてはこれ以上議論したくありませんわ。それより、あなたがボストンでなさってることをお話ししていただけません?」

ダニエルはアンナの話を聞いていなかった。アンナが自分の方を振り向いた瞬間から……。白くなめらかな肩にかかる柔らかい黒髪。薔薇色のシルクに包まれた繊細そうな体。月光を浴びた大理石のような顔。真夜中の闇《やみ》のように黒い瞳。どれもが息をのむような美しさで、話を聞くどころではなかった。

「マクレガーさん？」アンナは緊張した面持ちで声をかけた。正体不明の大男に正気をなくしたような目つきで見つめられては、それも無理はない。だいじょうぶ。何があっても、うまくさばいてみせるわ。アンナはそう自分にいい聞かせ、眉をそびやかした。「マクレガーさん？」

「ああ」ダニエルはとたんに我に返り、彼女に近づいた。奇妙なことに、アンナはかえってほっとした。隣に立ったダニエルがさほど危険な男性だとは思えなかったし、それに彼の目がとてもきれいだったからだ。

「ボストンでお仕事をなさってるんでしょ？」

「ええ。買ったり、売ったりしてね」ダニエルはそういいながら、突然アンナの手を取った。アンナのあまりの美しさが信じられず、この世のものであることを確かめたかった。ずんぶん温かくて優しい手。踊ったときと同じだわ。アンナはさりげなく手を引っ込めた。「おもしろそうですわね。何をお買いになるんですか？」

「欲しい物はなんでも」ダニエルはほほ笑みながら、また少しアンナに近づいた。「なんでもですよ」

アンナは胸がどきどきし、体がほてるのを感じた。そうなるには、肉体的な原因と精神的な原因があることを知識としては知っていたが、今のところ、そのどちらにも思い当たる節がなかった。

「だったら、胸がすかっとしますわね。察するところ、あなたはいらなくなった物はなんでもお売りになるんじゃありません？」

「あっさりとね。当然、もうけを考えて」

自信過剰の雄牛ってところね。「そういう態度を傲慢《ごうまん》と呼ぶ人がいるかもしれませんわね、マクレガーさん」

ダニエルは大声で笑った。あくまでもクールな姿勢を崩さないアンナに小気味のよさを感じ、気分は爽快《そうかい》だった。うん、この娘が相手なら、花束とハート形のキャンデー入れをかかえながら玄関先で待たされても、そのかいがあるな。ダニエルはそう思い、にこやかに答えた。「貧しい男が傲慢だと粗野といわれ、財産を持った男が傲慢だとその男のスタイルだといわれる。僕はそのどちらも経験しているんですよ、ホワイトフィールドさん」

アンナはダニエルのいい分にも一理あると思ったが、なぜか一歩も譲りたくなかった。

「それは妙ですわね。傲慢の意味が時代や流行と共に変わることなんてあるのかしら？」

ダニエルはアンナをじっと見つめながら葉巻を取り出し、平然としていった。「一本取られたな」

ライターの炎が、ほんの一瞬ダニエルの目を照らした。その瞬間、アンナは急に身の危険を感じた。しり込みしたと思われるのは嫌だったが、これ以上彼と話し続けていたら、今までどおり威厳を保てるかどうか自信がなかった。

「それじゃあ、引き分けということですわね。よろしかったら、失礼して中へ入りますわ」

ダニエルは出し抜けにアンナの腕をつかんだ。だがアンナは、ダニエルの手を振り払うでもなく、威厳に満ちた態度で彼をじっと見つめていた。こんなに誇り高く拒絶されたら、たいていの男はすごすごと手を離し、ただちに謝るところだろうが、ダニエルはそうする代わりににやっとした。「またお会いできますよね、ホワイトフィールドさん？」

「たぶん」

「ぜひお会いしましょう」ダニエルはそういい、アンナの手を自分の唇に押し当てた。

「何度も」

アンナは柔らかい髭の感触に驚き、一瞬大きく目を見開いたが、すぐに無表情になった。

「これからそう何度もお会いできるとは思いませんわ。わたしはボストンには二、三カ月しかいませんから。さあ、もう失礼して……」

「なぜです？」

「何がですか、マクレガーさん?」

「なぜあなたはボストンに二、三カ月しかいないんですか?」もし彼女が結婚のために町を出ていくなら、事情は変わってくるが……。ダニエルはそう思いながらアンナの顔を見つめ、是が非でもそれはやめさせなければと思った。

「八月の末にコネチカットへ戻るんです。医科大学の最終学年を終えるために」

「医科大学?」ダニエルは顔をしかめた。「まさか看護婦になるつもりじゃないでしょうね?」そういう彼の口調には、職業婦人に対する無理解があからさまに表れていた。

「いいえ」アンナは、ダニエルがほっとするのを待って先を続けた。「外科医になるつもりなんです。踊ってくださってありがとう」

しかしダニエルは、アンナがドアまでたどり着かないうちにまた腕をつかんだ。「きみが人間の体を切り開くというのか?」そういったかと思うと、大声で笑い出した。「冗談だろう?」

アンナは内心いきりたったが、そんなことはおくびにも出さず、わざとうんざりしたような顔をした。「冗談をいうときは、もっとおもしろいことをいいますわ。おやすみなさい、マクレガーさん」

「医者は男の仕事だよ」

「ご意見は承っておきますわ。でも、わたしは男性にできる仕事で、女にできないことはないという考えなんですの」

ダニエルはふんと鼻を鳴らし葉巻をふかすと、小声でつぶやいた。「ナンセンスだ」

「失礼という点では、あなたって首尾一貫してますのね」アンナは冷ややかに決めつけると、振り向こうともせずにテラスのドアをくぐった。粗野で自己顕示欲が強くてばかな男ね、と思いながら。

ダニエルはダニエルで、人込みにまぎれていくアンナを見つめながら思っていた。なんてクールで強情でそっけなくて、ばかなことを考えている女だろうと。

2

「全部話してちょうだい」マイラがいった。

アンナはマイラを無視して、白いテーブルクロスの上にバッグを置くと、そばに立っているウエイターにほほ笑みかけた。「シャンパンカクテルをいただくわ」

「わたしも」マイラはそういうと、テーブルの上に身を乗り出した。「それで?」

アンナはすぐには答えず、パステルカラーの静かな店内を見回した。周囲には顔見知りの客が五、六人いる。彼女は、こぢんまりとしたこの店のしっとりした雰囲気が大好きだった。「コネチカットにいると、ここの食事が無性に恋しくなるのよ。誘ってもらってよかったわ」

「アンナったら、早く話してよ」マイラはいかにもじれったそうにいった。

「話すって、何を?」

マイラは薄い金のシガレットケースからたばこを取り出し、テーブルの上で二度ほど軽くたたくと、火をつけた。「あなたとダニエル・マクレガーのあいだにあったことをよ」

「わたしたち、ワルツを踊ったのよ」アンナはメニューを手に取り、読み始めた。

「それで?」

アンナはメニューから目を上げ、わざととぼけた。「それでって?」

「アンナ!」マイラがそう叫んだとたんに飲み物が運ばれてきたが、彼女はそれをわきにどけ、じれったそうにいった。「あなたは彼とふたりきりでテラスにいたのよ。しかもかなり長時間にわたって」

「ほんと?」アンナはシャンパンをすすると、サラダを取ることに決め、メニューを閉じた。

「ええ、ほんとよ」マイラは天井めがけてたばこの煙を吐き出した。「よっぽど話すことがあったらしいじゃないの」

「らしいわね」

そこへウエイターが戻ってきた。アンナはサラダを、マイラは夕食を抜く覚悟でロブスターのクリーム煮を注文した。

「それで、何を話したの?」

「確か、女らしさについて話したと思うけど」アンナはさりげなくシャンパンをすすったが、目だけは怒りを隠せなかった。

とたんにマイラはたばこの火を消し、身を乗り出した。「察するところ、マクレガーさんは女らしさについてはっきりとした意見を持ってるようね」

アンナはシャンパンをもうひと口飲み、グラスを下ろした。「結局、彼って独善的なのよ」

マイラはうれしそうな顔で頬杖《ほおづえ》を突いた。帽子についた小さなベールがちょうど目の下まで垂れていたが、彼女の目に浮かぶ興奮の色はそんな物では隠せなかった。「そうじゃないかとは思ってたけど、いったい何があったの？」

「彼は自分の気持ちを素直に話す女を尊敬してるんですって」アンナは憤然としていった。「ただし、彼の見解と衝突しない範囲内で話す女をね」

マイラはちょっぴりがっかりしたように肩をすくめてみせた。「それじゃあ、普通の男性と変わらないじゃないの」

「そういう男たちって、女を自分たちの付属品だと思ってるのよ」アンナは椅子の背にもたれ、いらだたしそうに指先でテーブルをたたいた。「女はクッキーを焼いたり、赤ん坊のおむつを取り替えたり、シーツを干してればいいんだってね」

マイラはシャンパンにむせてから、それを飲み込んだ。「あらあら、彼ったら、ずいぶんあっけなくあなたを怒らせちゃったのね」

アンナはダニエル・マクレガーごときに腹を立てた自分を反省し、語調をいくぶん和らげた。「とにかく、あの人は粗野で傲慢《ごうまん》なのよ」

マイラはやや間を置いてからいった。「そうかもしれないけど、必ずしもそれが彼の欠点とはいえないわ。わたしだったら、退屈な男より傲慢な男をそばに置いておきたいわね」

「退屈な男じゃないことは確かね。彼がキャスリーンをどうやって追っ払ったか、知ってる?」

マイラは目を輝かせた。「いいえ」

「キャスリーンと踊っている最中に、別の男の人にダンスに割り込むように目配せしたの。キャスリーンをその人に押しつけてから、今度は自分がハーバートとわたしのあいだに割り込んできたのよ」

「頭いいわね」マイラはにっこり笑いながらそういうと、心外だとでもいいたそうな顔のアンナを見て大声で笑った。「アンナったら、それぐらいは認めてあげなさいよ。それにしても、キャスリーンは自分の魅力にうっとりしていて、相手が入れ替わったことにも気がつかなかったんじゃないかしら?」マイラはちょうど運ばれてきたロブスターのクリーム煮を見て、幸せそうなため息をついた。「アンナ、あなたは喜ぶべきよ」

「喜ぶですって?」アンナはサラダをフォークでつついた。「とてつもなくうぬぼれの強い、ばかな男にダンスを申し込まれたからって、どうしてわたしが喜ばなくちゃいけないの?」

「確かに彼はとてつもない人だし、もしかしたらばかかもしれないけど、貴重な存在よ。それに、ある意味では魅力的だしね。あなたって、けっこうああいうタイプに弱いんじゃない？」

「マイラ、わたしには勉強があるのよ。男性のことなんか考えてる暇はないわ」

「アンナ、どんなに忙しくたって、男性のことを考える暇はあるものだわ」マイラはロブスターをぱくりと食べた。「それに、わたしは彼と真剣につき合えっていってるわけじゃないのよ」

「それを聞いて安心したわ」

「でも、わたしにはどうしてあなたが彼を突っぱねるのか理解できないのよ」

「それはわたしに彼を寄せつける気がないからよ」

「強情なのね」

マイラのよさはこんなふうにものをはっきりいうところだ。アンナは急に楽しくなって大声で笑った。「それがわたしの地だから、しようがないわ」

「アンナ、あなたにとってお医者さまになることがどれほど大切かはよくわかってるわ。でも、いずれにしろあなたは、この夏をボストンで過ごすのよ。見るからに羽振りのいい、魅力的な男性をエスコート役にして、どこがいけないのかしら？」

「エスコートなんていらないわ」

「いらなくても、いたほうがいいわ」マイラはロールパンの端をちぎった。「アンナ、ご両親はまだあなたがお医者さまになることに反対なの？　まだあなたのためにお婿さん選びをしてるの？」

「この夏、有力候補を三人揃《そろ》えたわ」アンナはわざとちゃかした。「最有力候補は、母のかかりつけのお医者さまの孫なの。母は、わたしが医者の一族と結婚すれば、医者になるのをあきらめるかもしれないと思ってるみたいよ」

「その人、魅力的なの？」マイラはアンナのしかめっ面を見ると、それ以上質問するのをあきらめた。「まあ、いいわ。要するにわたしがいいたいのは、今のままだったら、あなたのご両親はいつまでもあなたに縁談を持ってくるってことよ。でも――」そういいながらパンにちょっぴりバターを塗った。「もしあなたがだれかとデートするようになれば――」

「例えば、ダニエル・マクレガーと？」

「そうよ。あの人、あなたに興味を持ったみたいですもの」

アンナはマイラがバターを塗ったパンをほおばった。「わたしは興味ないわ」

「でも、このぶんじゃ、あなたのお母さまは適齢期の独身男性をお茶に招待し続けるわよ」

マイラのいうとおりだ。アンナは深々とため息をついた。どうしたら両親にわたしの気持ちをわかってもらえるのかしら？　結婚して子どもを産もうなんて、一度も考えたこともないって。

そもそも両親が医科大学への進学を許したのは、一学期も終わらないうちにアンナが音を上げると見越したからだ。アンナ自身も、もし伯母のエルジーの存在を意識しなかったら、学業を続けていたかどうかわからなかった。

エルジー・ホワイトフィールドはアンナの父の姉で、一九二〇年から三三年まで続いた禁酒法時代にウイスキーを密造して財を成したといわれる、一風変わった女性だ。けれども、アンナは伯母がどんな方法で財を成そうと非難できるすじ合いではなかった。なにしろ、親の援助なしで大学の授業料を払い、独立した生活を営めるのも、伯母がなんの付帯条件もつけずにかなりの財産を残してくれたからなのだ。

心から信頼できる男性とでないかぎり、決して結婚しないことよ、と伯母はアンナにいった。もし夢を持ったら、それを追い続けなさい。ためらっていたら、一生なんてあっというまに終わってしまうんだから。このお金を使って何かおやりなさい。あなた自身のために。

そして今や、アンナの夢である卒業とインターン生活は、あと数カ月で実現する。その事実を両親に認めさせるのもさることながら、その先、ボストン総合病院でインターンを務め、その期間中は両親と離れて暮らすということを認めさせるのはかなり難しそうだ。

「マイラ、わたし、アパートを見つけようと思ってるの」

マイラは口に運びかけていたフォークを途中で止めた。「ご両親にはもう話したの?」

「いいえ」アンナはサラダの皿をわきにどけ、うんざりしたような顔をした。「両親を悲しませたくはないんだけど、今が潮時なのよ。わたしはもうおとななのに、親と同居しているかぎり、両親は絶対にそう見てくれないわ。それに、今ここで家を出ておかないと、卒業したあとも親といっしょに住み続けるものだと思われちゃうでしょうし」

マイラは椅子の背にもたれ、シャンパンを飲みほした。「あなたのいうとおりよ。それに、既成事実を作ってからご両親に話したほうがいいわ」

「わたしもそう思うの。きょうの午後、アパート探しにつき合ってくれない？」

「いいわよ。チョコレートムースを食べ終えたらすぐにね」マイラはすぐにウエイターに合図をした。「でもアンナ、そうしたからって、ダニエル・マクレガーの問題は解決しないのよ」

「別に問題なんかないわ」

「あら、問題にしたほうがいいわよ」マイラはそういってからウエイターに注文した。「チョコレートムースをちょうだい。ホイップクリームをけちらないでね」

ダニエルは、新装成ったオフィスの巨大な机の前に座り、葉巻に火をつけた。今しがた、莫大《ばくだい》な利益を見込んだテレビ製造会社との取り引きを終えて、ほっとひと息ついたところだ。今はまだ珍品でしかないテレビが、あと数年もすればアメリカの家庭の主役となるはずと計算したのだが、彼自身そのちっぽけな箱を眺めているのが好きだった。

しかし、目下のところ最大のねらいは、経営がぐらついているオールドライン・セービング・アンド・ローンをボストン最大の金融機関にすることだった。そのために、危険だという支配人の反対を押し切って、ふたつの主要ローンの枠を拡大し、そのための資金を補充したばかりだ。

そんなふうに日々仕事に邁進《まいしん》しているダニエルだったが、その傍らある調査を進めていた。それはほかでもない、アンナ・ホワイトフィールドについての調査だった。

アンナの家庭環境は、父親が州でもトップクラスの弁護士であることからもうかがい知れた。実をいうと、ダニエルはホワイトフィールドより若くて柔軟性のあるハーバート・ディトマイヤーを顧問弁護士にする以前、ホワイトフィールドを雇おうかと考えた時期もあったのだ。一度は袖《そで》にしたホワイトフィールドだったが、ハーバートが地方検事に選任された今、その後釜《あとがま》として考えられるのは、この人物以外になかった。

ビーコン・ヒルにあるアンナの家は、十八世紀に建てられた。アンナの祖先は、新世界で新しい生活をスタートさせ、繁栄してきた愛国者たちで、ホワイトフィールド一族は何世代にもわたって、ここボストンに揺るぎない地位を築いてきた。

ダニエルは何よりも持続力のある家系を尊敬していた。王侯貴族であろうと貧乏人であろうと、その点には変わりはなかった。その点、アンナの家柄は申し分ない。それだけでも、アンナはしかるべき妻としての第一条件を満たしていた。その上にしっかり者で、医学などという妙なものを勉強しているものの、成績はトップクラスだというから、頭のいい子を産んでくれそうだ。もちろん、美人という点も、妻として母として見逃せない好条件だった。

おまけにアンナは、自分の意見をはっきりと持っている。ダニエルは、作り笑いを浮かべながら盲目的に夫に従う妻など欲しくはなかった。といっても、女性はあくまでも女性らしくしてほしかったが。

ダニエルにプロポーズされたら即座に承諾する女性は掃いて捨てるほどいたが、どの女性も彼の意欲をかきたててはくれなかった。ところが、アンナだけはチャレンジ精神を猛烈にかきたててくれた。女に追い駆け回されれば男として悪い気はしなかったが、やはり戦士の末裔《まつえい》のせいか、挑戦するほうが血が騒いでおもしろかった。

奪い取るのはダニエルの得意とするところだった。敵の強さと弱さを探り、その両方をうまく操るのだ。ダニエルは受話器を取り、机を蹴《け》って椅子を下げると、さっそく作戦を開始した。

それから数時間後、ダニエルは苦労しながら黒のシルクのタイを結んでいた。彼の知るかぎり、金持ちであることの不自由さは、タイをつけなければならないということだ。礼服を着たときの自分が堂々と見えるのはわかっていたが、いつまでたってもその堅苦しさには抵抗を感じていた。それでも、おしゃれをして出かけたほうが女性を口説くのに有利とあれば、我慢するにやぶさかではなかったが。

情報によれば、アンナ・ホワイトフィールドは今夜、友人たちとバレエ見物をするという。ダニエルは顧問会計士にむりやりねじ込み、劇場のボックス席をひとつ取らせた。いつもなら私的なことでそこまで強引には出なかったが、今夜は何がなんでもそうせざるをえなかったのだ。

口笛を吹きながら階段を下りた。たいていの人間なら、二十四室もある家は男がひとりで住むにはぜいたくすぎると思うだろうが、ダニエルにとっては家とはひとつの自己主張だった。部屋が三つしかない家に生まれ育ったダニエルにしてみれば、この家が彼の成功と生活スタイルを代弁しているのだ。この家がなければ、ダニエル・ダンカン・マクレガーなる男は、炭塵《たんじん》を肌にめり込ませ、目を赤くはらしていた、一介の元坑夫にすぎなかった。

階段を下りきったところで足を止め、大声を張り上げた。「マクビー！」

「はい」マクビーは背すじをぴんと伸ばし、主人の前に現れた。昔から何人かの紳士に仕えてきたが、自分と同郷のスコットランド人は初めてだったし、これほど型破りで気前のいい主人も初めてだった。

「車を出しておいてくれ」

「外に待たせてございます」

「シャンパンは?」

「もちろん、冷やしてございます」

「花は?」

「白薔薇《しろばら》でございます。お申しつけどおり二ダース用意いたしました」

「よしよし」ダニエルは玄関に向かったが、途中で立ち止まり、振り向いた。「スコッチでも飲みたまえ、マクビー。今夜は暇をやろう」

マクビーは表情ひとつ変えずに頭を下げた。「ありがとうございます」

ダニエルは再び口笛を吹きながら、待っている車に向かった。ほんの気まぐれからシルバーのロールスロイスを買ったのだが、後悔したことはなかった。庭師のスティーブンにパールグレーの制服と制帽を与え、臨時の運転手を務めさせているのだが、日ごろまちがいだらけのことばづかいをしているスティーブンは、ひとたびハンドルを握ると別人のように威厳にあふれ、ロールスロイスがよく似合った。

「こんばんは、マクレガーさん」スティーブンはドアを開け、柔らかい布でハンドルをぬぐうと、またドアを閉めた。ロールスを買ったのはダニエルだが、スティーブンはそれを自分の子どものようにかわいがっていた。

ダニエルはデラックスなバックシートに腰を落ち着けると、さっそくブリーフケースを開けた。劇場に着くまでの十五分間に、ひとつ仕事を片づけるつもりだった。

事が計画どおりに運んでいれば、例のハイアニスポートの土地が来週には手に入るはずだった。あの土地の切り立った断崖《だんがい》やごつごつした灰色の岩、それに青々とした草を見ていると、故郷のスコットランドを思い出す。そこに、すでに青写真ができている家を建てる計画でいたが、自分といっしょにその家に住むのは妻や子どもたち、そして妻として考えられるのはアンナしかいなかった。

アンナを口説くための小道具は、白薔薇とシャンパンだ。薔薇はシートいっぱいに置かれ、シャンパンはクーラーに収まっている。薔薇を一本取ってにおいをかぐと、ひっそりと甘い香りがした。白薔薇はアンナの好きな花だが、その事実を突き止めるのにたいして時間はかからなかった。

大好きな花が二ダースもあるんだ。よほど偏屈でないかぎり、喜んで受け取るだろう。なにしろ、女はぜいたくに弱いからな。ダニエルは薔薇の花をもとの場所に戻すと、いかにも満足そうにシートの背にもたれ、ブリーフケースのふたを閉めた。

車が劇場に着き、スティーブンがドアを開けた。

「二時間後だ」ダニエルは運転手にそう告げると、多少早めにデモンストレーションを始めるつもりで薔薇を一本取った。

劇場のロビーでは、まばゆいばかりの光景が展開していた。パステルカラーのロングドレスが黒のイブニングスーツと際立ったコントラストを見せ、真珠やダイヤモンドがきらめく中、香水のにおいが辺り一面に漂っている。

ダニエルは、何気ないそぶりで人波を縫って歩いた。途中で何人かの知り合いに声をかけられ、その都度如才なくあいさつを交わしたが、目だけは怠りなくアンナを探し続けていた。

ようやくアンナを見つけたとたん、またしても彼女の美しさに打たれた。アンナは淡いブルーのドレスを着ていたが、そのせいで肌が搾りたてのミルクのように白く輝いて見えた。それに、髪をアップにしているせいで美しい顔がむき出しになり、前見たときよりもいっそう祖母のカメオに似ていた。

ダニエルははやる気持ちを抑え、アンナが自分のほうを振り向くまで根気よく待った。やがてアンナはダニエルと目が合うと、ほかの女たちのように赤くなったり媚《こ》びた目つきをしたりせず、静かにダニエルを見つめた。

いよいよゲーム開始だぞ。ダニエルはひそかにつぶやき、軽快な足取りでアンナに近づくと、周りの人間を完全に無視して薔薇を差し出した。「ホワイトフィールドさん、ワルツのお礼です」

アンナは少しためらってから、断るのは失礼だと思い、薔薇を受け取った。「マクレガーさん、お友だちをご紹介しますわ。こちらマイラ・ローンブリッジ。マイラ、こちらダニエル・マクレガー」

「はじめまして」マイラは値踏みするような目つきをしながら、ダニエルに手を差し出した。「あなたのおうわさはかねがねうかがってますわ」

「あなたのお兄さまとは以前から取り引きがありますからね」この娘なかなか手強《てごわ》そうだが、おもしろそうだな。ダニエルはそう思いながら、マイラと握手した。

「情報源は兄じゃありませんわ。ジャスパーは一度もゴシップを流したことがないんですのよ」

ダニエルはにやりとした。「だからこそ、彼と仕事をするのが好きなんですよ。ところで、ホワイトフィールドさん、バレエはお好きなんですか?」

「ええ、とっても」アンナは無意識に薔薇のにおいをかいでから、そんな自分に当惑し、あわてて薔薇を下に下ろした。

「僕は今までそうたくさん見てもいないし、たいして感動したこともないんですよ。自分でストーリーを知っているか、バレエのよさをほんとにわかっている人といっしょに見れば、楽しいはずだと人にはいわれてるんですが」

「きっと、そうだと思いますわ」

「それじゃ、あなたにぜひお願いしたいことがあるんですが」

「なんでしょう?」アンナはとたんに警戒するように目を細めた。

「ボックス席を取ってあるんですが、僕と同席して、バレエの楽しみ方を教えてもらえませんか?」

たやすくあなたの口車に乗るほど世間知らずじゃないわ。アンナは心中ひそかにつぶやきながら、丁重に断った。「別のときでしたら喜んでお手伝いさせていただきますけど、きょうはお友だちといっしょに来ていますので……」

「わたしのことなら構わないで」マイラがいきなり口を挟んだ。「マクレガーさんに《ジゼル》のよさをわからずじまいにさせておくなんて、もったいないわ」そういうと、ダニエルにいたずらっぽくほほ笑みかけた。「どうぞ、ご遠慮なく」

「それはありがたい」ダニエルは突然目を輝かせ、マイラを見た。「ほんとにありがたいですよ。さあ、ホワイトフィールドさん、行きましょう」

アンナは一瞬薔薇の花をほうり投げ、足で踏んづけてから、足音高くその場を立ち去ろうかと思った。が、勝負に勝つ手はいくらでもあると思い直し、差し出されたダニエルの腕を取った。火つけ役のマイラは、ダニエルのウインクとアンナのしかめっ面に同時に応《こた》えるという早業をやってのけた。

「バレエのよさがおわかりにならないのに、ボックス席を予約なさるなんて変じゃありません？」

「これもビジネスのうちですよ」ダニエルは階段を上りながらあっさりと答えた。「でも、今夜は払ったお金以上の収穫がありそうだな」

「それは保証しますわ」アンナはドアをさっとくぐりボックス席に腰を下ろすと、薔薇の花を膝の上に置いた。レースのショールをアンナの肩からはずそうとして、ダニエルの手が肩を軽くかすめた。びくっとしたアンナは手を握りしめながら、頼まれたこと以外は絶対にしてやるまいと決意した。

「それでは、背景をご説明しますわ」アンナは、幼児に童話を聞かせるような口調で《ジゼル》のストーリーを話した。それが終わると、今度はダニエルに口を挟む余地をいっさい与えず、バレエ全般についての知識を滔々《とうとう》とまくしたてた。これだけ長々と聞かされたら、どんなに我慢強い男でもうんざりすること請け合いだ。アンナがそう思っているところへ、開幕のブザーが鳴った。「さあ始まりますわ。舞台に注目しましょう」

うまくいったわ。アンナはひそかにほくそえみながら椅子の背にゆったりともたれ、バレエを楽しもうとした。ところが、どういうわけか気持ちが集中できず、十分間ばかり何度となく、気持ちは舞台と隣にいるダニエルとのあいだを行きつ戻りつした。顔をまっすぐに舞台に向けていても、自分を見つめながらにやにやしているダニエルの視線を感じる。

なんていやらしい人なの！　こんな赤髭《あかひげ》の野蛮人とふたりきりでボックス席に押し込ん

だマイラを、あとでうんととっちめてやらなくちゃ。そう思いながら、華麗な舞台にできるだけ神経を集中させたが、やはりダニエルの存在が気になってしかたがない。わざとらしく五回ため息をついたとき、アンナはいきなりダニエルに手を触られ、心臓が止まりそうになった。

「全編、愛と運命の物語のようだね」ダニエルが声をひそめながらいった。

この野蛮人、どうやらストーリーは理解できたらしいわ。それに、今の口ぶりだとこのバレエが気に入ったみたい。アンナが思い切ってダニエルのほうを振り向くと、すぐそばに彼の顔があった。アンナがはっと息をのむと、音楽が急に盛り上がった。

「ほとんどのバレエはそうですわ」アンナは胸をどきどきさせながら答えた。

ダニエルはほほ笑んだ。薄明かりに浮かんだその顔は信じられないほど男性的で、信じられないほど優しく見える。「それは覚えておいたほうがいいね、アンナ」ダニエルはアンナの手に指をからめたままでバレエに見入った。

幕間《まくあい》になっても、ダニエルはアンナにつきっきりで、なにくれとなく彼女の世話を焼いた。おかげでアンナは友だちと合流するきっかけを失い、後半も彼のボックス席にとどまる羽目に陥った。わたしがここに残るのは、別にここにいたいからじゃないし、楽しいからでもないわ。そうするのが礼儀だからよ。アンナはそう自分にいい聞かせ、取り澄ましたようすで座っていたが、ものの五分とたたないうちにロマンティックな世界に引き込まれていった。

　恋に破れたジゼルが自ら命を絶つシーンが始まると、アンナの目にいつしか涙があふれた。ダニエルに顔をそむけたまましきりにまばたきしたが、それをいち早く察した彼は、そっとハンカチを手渡した。

　アンナは小さなため息をつきながらハンカチを受け取り、そっとつぶやいた。「ほんとに悲しいわ。何度見ても泣けてくるんですのよ」

「こういう不幸な美人を見るにつけ、美人は幸せにしてやらなければと思いますね」

　アンナは驚いてダニエルに振り向いた。困るわ、赤髭の野蛮人がそんな紳士みたいなこといっちゃ。野蛮人は最後まで野蛮人らしくしてね。そして、アンナは再び舞台に視線を戻した。

　拍手が鳴りやみ場内に明かりがつくころ、アンナはすっかり落ち着きを取り戻していた。内心では多少の動揺を感じていても、それはバレエのせいにすることができた。

「ほんとのところ、バレエをこんなに楽しんだのは生まれて初めてですよ」ダニエルはアンナの手を取り椅子から立たせると、その手にうやうやしく口づけをした。「ありがとう、アンナ」

　警戒したアンナはせき払いをした。「どういたしまして。よろしければ、失礼してお友だちのところへ戻りたいんですけど」

ダニエルはアンナの手を握ったままボックス席を離れた。「お友だちのマイラには、僕からあなたを家まで送って行くといっときますよ」

「そんな……」

「せめてそれくらいはさせてください。あなたにはすばらしい講義をしていただいたんだから。お話を聞いていて、なぜあなたが教師の道を選ばなかったのか、不思議に思いましたよ」

この人、わたしを笑いものにしてるんだわ。さっき自分がそうされた仕返しに。アンナはロビーに続く階段を下りながら冷ややかにいった。「人の都合を聞きもしないで、勝手な行動に出るのはどうかと思いますね。わたしにも予定っていうものがあるかもしれないんですよ」

「だったら、あなたの命令に従いますよ」

ふだんはめったに腹を立てないアンナだったが、今度ばかりは危うく腹を立てそうになった。「マクレガーさん……」

「ダニエルと呼んでほしいな」

アンナは何かをいいかけて開いた口をまた閉じると、気が静まるまで待った。「お申し出はありがたいんですけど、わたしはひとりで帰れますから」

「でもアンナ、きみは僕を失礼だといって非難したじゃないか」ダニエルは陽気そうにいいながら、車を駐《と》めてある場所にアンナを連れていった。「もしきみを家まで送らなかったら、僕は今度はどんな男にされてしまうんだろう?」

「あなたはあなたですわ」

「ごもっとも」ダニエルは、車のドアの手前で立ち止まった。「もちろん、きみが怖いというなら、タクシーを呼んであげてもいいけどね」

「怖いですって?」アンナの目がきらりと光った。「ずいぶん自信がおありなのね」

「まあね」ダニエルはあっさりそう答え、スティーブンが押さえているドアを顎で示した。

怒りのあまり、考えることも忘れて車に乗り込んだアンナは、たちまち、むせ返るような甘い薔薇の香りに迎えられた。こうなったら、できるだけダニエルから離れて座るしかない。そう思いながら薔薇を両手でかかえたが、ダニエルの体が大きすぎて、せっかくの努力も水の泡だった。

「いつも車の中に薔薇を置いてるの?」

「美しい女性をエスコートするときだけね」

ああ、こんな花なんか窓から投げ捨ててしまいたいわ。「こうなることは、最初から念入りに計画してあったたっていうわけね?」

ダニエルは冷やしておいたシャンパンの栓を抜いた。「念入りでなければ、計画する意味がないいんじゃないかな?」

「マイラに喜ぶべきだっていわれた意味が、ようやくわかったわ」

「僕の見たところ、マイラはなかなか頭の切れる女性のようだ。ところで、どこへ行きたい？」

「家へ」アンナはシャンパンを受け取り、気を静めようとしてひと口飲んだ。「朝早く起きなければいけないのよ。病院で仕事をしてるものだから」

「仕事？」ダニエルはしかめっ面でアンナに振り向き、シャンパンのボトルをクーラーに戻した。「大学を卒業するまで、あと一年あるといわなかったかい？」

「学位を取ってインターンになるまでに、あと一年かかるのよ。目下のところは、おまるを空っぽにする練習をしてるの」

「そんなことは、きみみたいな女性のすべきことじゃないな」ダニエルはシャンパンを飲みほし、お代わりを注いだ。

「ご意見はそれとしてうかがっておくわ」

「楽しい仕事とはいえないだろう？」

「だれかの役に立っていると思えば楽しいわ」アンナはもうひと口シャンパンをすすり、グラスを持ち上げたままいった。「でも、あなたにはわかってもらえないかもしれないわね。これはビジネスじゃなくてヒューマニズムの問題だから」

それは違う。こう見えても、おれは故郷に坑夫たちのための病院を設立するために、多額の寄付をした男だぞ。会計士には反対されたが、どうしてもそうしたくてな。ダニエルはそれを口にする代わりに、わざとアンナを怒らせるようなことをいった。「そんなことより、結婚とか家族とかのことを考えるべきだな」

「大きなおなかをかかえながら、よちよち歩きの子どもにエプロンの裾《すそ》を引っ張らせるしか、女には能がないから？」

ダニエルはびっくりしたように眉を上げた。いつまでたっても、アメリカ女性のあけすけな物のいい方に慣れないのだ。「そうじゃなくて、女は家庭や家族を作るように生まれついてるからだ。男はそれを当然だと思ってるんだよ、アンナ。男は外へ出て金を稼ぐことしかできない。でも、女は世界を手にできるんだ」

そんないい方をされると、さすがのアンナもいい返せなくなり、気を静めようとしてシートの背にもたれた。「あなたは気づいたことがあって？　男は家庭を取るか仕事を取るかという選択に迫られる必要がないんだってことに」

「いいや」

アンナは思わず大声で笑い出しそうになりながら、ダニエルを振り返った。「もちろんそうよね。気づく必要なんてないんですもの。ダニエル、あなたに忠告しておくわ。世間から与えられた女の役割になんの疑問も抱かない女性を探しなさい。ドン・キホーテみたいに巨大な風車と闘ってる女じゃなく」

「それはできないな」

アンナはうっすらとほほ笑んだが、真剣そのもののダニエルの目を見ると真顔に戻った。

「まさか、そんな」あわててそういい、シャンパンを飲みほした。「そんなことばかげてるわ」

「そうかもしれないし――」ダニエルはアンナの顔を両手で包み、大きく見開かれた目をのぞき込んだ。「――そうじゃないかもしれない。いずれにしろ、僕はきみを選んだんだよ、アンナ・ホワイトフィールド。そして、きみを手に入れるつもりでいる」

「ネクタイを選ぶみたいに女を選ぶわけにはいかないのよ」アンナは胸をどきどきさせながらいった。

「そのとおり」ダニエルはアンナの顎をすっと親指でなでた。「それに、女性を布っ切れと同等に扱う男もいないよ」

「気でも狂ったんじゃないの？」アンナはダニエルの手首をつかんだが、彼の手はびくともしない。「わたしのことを知りもしないくせに」

「これから知ろうと思ってるんだ」

「こんなことにつき合ってる暇はないわ」アンナは大声で叫ぶと、やっきになって辺りを見回した。家まではあと数百メートルある。この男は狂ってるわ。どうしたらいいの？

ダニエルは突然うろたえ出したアンナを見て、うれしくなった。「こんなことって？」

小声でつぶやき、アンナの頬を親指でなでた。

「こういうことみんなよ。お花とかシャンパンとか月の光とか。あなたがわたしにいい寄ろうとしてることは見えすいてるわ。でも、わたしは……」

「ちょっとのあいだ、静かにすべきだな」ダニエルはアンナの唇を自分のそれでふさいだ。

アンナは膝の上の薔薇をとげが刺さるほど強く握りしめながら、じっとしていた。ダニエルの唇は信じられないほど柔らかく、繊細な感じがした。それに、ダニエルの体は大きいにもかかわらず、威圧感がまるでなく、抱かれ心地がとてもいい。アンナは髭で頬をこすられているうちに、その髭を指でとかしたくてたまらなくなり、我を忘れて手を伸ばした。

髭に触ったとたん、アンナの体はかっと熱くなった。これまでストイックに抑え込んできた情熱が、意志に反して一挙にほとばしったのだ。ダニエルを狂気というなら、今のアンナも狂気だった。アンナは半ば抗議を込め、半ば歓《よろこ》びを込めたうめき声をあげ、ダニエルの肩にしがみついた。

ダニエルは、ひと悶着《もんちゃく》起こることを予想していた。少なくともアンナは怒るだろう。もしかしたら、体を振りほどいて、冷たい一瞥《いちべつ》をくれるかもしれない、と。けれどもアンナは、意外なことにダニエルにしがみつき、彼の衝動的な欲求をさらにあおった。

ダニエルはアンナの繊細な指先の動きにたちまち理性を奪われ、激しい欲望にかられたが、それは彼にとっても思いがけない誤算だった。アンナを選んだのは自分の成功と力を確かなものにするためで、何もかも忘れて彼女との愛におぼれるためではなかった。

そうか、女を求めるというのは、こういうことなのか。富も力も彼女なしではなんの意味もないんだ。ダニエルは薔薇の甘い香りに包まれて、アンナを抱き締めた。

唇が離れたとき、アンナは息も絶え絶えだった。興奮し、うろたえてもいたが、これ以上つけ込まれまいとしてつんとしていた。「あなたって相変わらず失礼な人ね、ダニエル」

ダニエルは、まだ熱っぽく潤んでいるアンナの目をじっと見つめた。「ありのままの僕を受け入れるべきだよ、アンナ」

「その必要はないわ。車のバックシートで交わしたキスなんて、ほんの戯れですもの」アンナはそういってから初めて、車が自宅の前で停《と》まっていることに気づいた。どのくらい長くキスしていたのかしら。そう思ったとたんに頬が赤くなったが、それは怒っているからだと自分にいい聞かせ、運転手に開けてもらう前に自分でドアを開けた。

「薔薇を持っていきたまえ、アンナ。きみによく似合うよ」

アンナは肩越しに振り返り、ダニエルをにらみつけた。「さよなら、ダニエル」

「おやすみ」ダニエルは、ドレスの裾を翻しながら走っていくアンナの後ろ姿を見送った。シートに置き去りにされた薔薇を一本取り上げ、それで唇を軽くたたいたが、アンナの唇ほど甘くも柔らかくもなかった。

そうだ。この薔薇は、あしたの朝もう一ダース増やして彼女のところへ送りつけてやろう。勝負はこれからだ。ダニエルはひそかにつぶやき、シャンパンをなみなみと注ぐと一気に飲みほした。

3

翌朝、アンナは病院で働いていた。病院の仕事には楽しいことがある反面、不満に思うこともずいぶんとあった。けれども、病院へ足を運び入れるときに覚える興奮は、両親にも友人にも説明したことはなかった。説明したところで、病院のスタッフの一員であることに自分がどれだけ満足しているかは、だれにもわかってもらえないだろうから。

世間の人々の大半は病院に恐れを抱いている。彼らにとって、白壁やぎらつく照明や消毒薬のにおいは、病気を、さらには死をも意味するのだ。だが、アンナにとっては、それらは生と希望を意味した。病院では、まだ学生の身とあって、リネンの仕分けや雑誌の配達などの雑用しかやらせてもらえなかったが、毎週仕事をするたびに、学ぶことはすべて吸収しようと新たな決意に燃えた。

「ああ、ホワイトフィールドさん」ベテランの看護婦ケラーマン夫人が検査表に記入しながら、アンナに手で合図をした。未亡人となった二十年前から看護婦をしている夫人は、五十歳の今も若者みたいにタフで、部下の看護婦たちには厳しかったが、患者には優しいという評判だった。「五二一号室のヒッグスさんがあなたを呼んでるわ」

アンナはかかえていた雑誌の中からヒッグス夫人の分を取り出し、いちばん上に置いた。

「あの方、きょうはどんな具合ですか？」

「小康状態を保ってるわ」ケラーマンは下を向いたままいった。目下十時間勤務の真っ最中で、おしゃべりをしている暇はないらしい。「ゆうべはぐっすり眠ったのよ」

アンナは口の先まで出かかったため息を押し戻した。人にはそれぞれ守るべき領分があるという考えを持っているケラーマンは、ヒッグス夫人の容体を詳しく知っているのに、部外者のアンナには決して話してくれない。いいわ、自分の目で確かめるから。アンナはひそかにつぶやき、五二一号室へ向かった。

ヒッグス夫人は、明るい陽光が差し込む病室で、ラジオを低くかけながら静かにベッドに横たわっていた。やせこけた顔は、まだ六十前とは思えないほどしわくちゃだ。顔色が悪いのに、鮮やかなルージュを塗っているので、そこだけがやけに目立って奇異な感じがする。どんなに容体が悪くても、精いっぱいおしゃれをするのが、この人のいいところだ。

アンナはそう思いながら、深紅のマニキュアを塗った夫人のかぼそい手を見つめた。

アンナは静かにドアを閉め雑誌を置いてから、ベッドの足もとにある夫人の検査表を見た。

ケラーマンがいったように、ヒッグス夫人はこの一週間小康状態を保っていた。血圧はやや低く、まだ固形食を口にすることはできなかったが、ゆうべはよく眠ったらしい。ほっとしたアンナは、ブラインドを下ろそうとして窓辺に寄った。

「そのままにしておいてちょうだい。わたし、お日さまが大好きなの」

アンナが振り返ると、ヒッグス夫人がほほ笑みかけてきた。「すみません。起こしてしまったかしら？」

「いいえ、うとうとしていただけよ」夫人はいつものとおり苦しそうではあったが、笑顔だけは絶やすことなくアンナに手を差し伸べた。「きょうは、あなたが寄ってくださるのを楽しみにしてたのよ」

「あら、わたしもお寄りするつもりでしたのよ」アンナはベッドのわきに腰を下ろした。「母のファッション雑誌を一冊借りてきたんです。この秋のパリモードが載ってるんですよ」

ヒッグス夫人は笑い声をあげながらラジオを消した。「どんなに優れたデザイナーでも、二〇年代のファッションは越えられないわね。あのころの服は大胆だったわ。もちろん、きれいな脚と勇気がなければ着られなかったけど」そういうと、ウインクした。「わたしにはそれがあったのよ」

「今だっておありだわ」

「勇気はあっても、脚はもうだめよ」ヒッグス夫人はため息をつき、上体を起こした。

「できることなら、もう一度若いころに戻りたいわ」

アンナはすばやく立ち上がり、枕《まくら》の位置を変えた。「わたしは年を取りたいですわ」

「年寄りになんか、なるもんじゃないわ」

「そんなに何歳も年を取りたいんじゃないんです」アンナはそういうと、ベッドの端に腰を下ろした。「あと一歳だけなんですよ」

「学位を取るまで、あといくらもないじゃないの。大学を卒業したら、逆に一生懸命勉強していたころが懐かしくなるわよ」

「きっとそうなんでしょうね」アンナはさりげなく夫人の脈を取った。「今でも、早く夏休みが終わって、学校が始まらないかなと思ってるくらいですもの」

「若いころって、若さのすばらしさがわからなくて、それを持て余してしまうのね。ところで、赤毛で背の高い美人の看護婦さんをご存じ？」

リーディーだわ。アンナは夫人の手首から手を離した。「顔は知ってますけど」

「けさは、その人がわたしの手伝いをしてくれたのよ。とてもかわいい人で、近々結婚するんですって。わたし、彼女の恋人の話を聞くのが好きなの。あなたはまるでしてくれないわね」

「何をですか？」

「恋人の話よ」

ベッドのわきのグラスにしおれかかった花が数本生けてある。ヒッグス夫人には家族がいないから、看護婦のだれかが持ってきたのだろう。アンナは身を乗り出し、少しでも元気よく見せようとして花を生け直した。「だって、恋人なんていませんもの」

「まあ、そんなこと信じられないわ。あなたみたいにきれいな人だったら、両手に余るほど恋人がいて当然ですもの」

「彼らにドアの前で行列を作られると、気が散って困るものですから」アンナはくすくす笑っている夫人を見て、にやりとした。

「それが事実に近いんでしょうね。想像がつくわ。わたしが夫を亡くしたのはまだ二十五歳のときだったけど、二度と結婚する気になれなかったんですもの。もちろん、恋人は何人かいたのよ」ヒッグス夫人は昔を懐かしむような目つきをしながら天井を見つめた。

「あなたにショックを与えるような話もあるんだけど、やめておくわ」

アンナは楽しそうに笑いながら、髪の毛を後ろへ払った。「わたし、ショックには強いんですよ」

「わたしってたいへんなプレイガールで、ずいぶん遊んだのよ。でも、今となっては……」

「なんですの、ヒッグスさん？」

「だれかと結婚しておけばよかったと思うわ。だれかと結婚して、子どもを産んでおけばよかったって。そうすれば、わたしのことを大切に思って、思い出してくれる人もいるでしょうから」

「あなたのことを大切に思ってる人はいますよ、ヒッグスさん」アンナは夫人の手を握った。「わたしだってそのひとりです」

ヒッグス夫人はアンナの手をすばやく握りしめた。「でも、あなたにはボーイフレンドがいるんでしょ、特別な？」

「いるにはいますけど、特別な人なんかじゃありませんわ。実は、迷惑してるんです」

「なぜかしら？　彼の話をしてちょうだい」

アンナは疲れたような夫人の目が急に活気づくのを見て、彼女の求めに応じることにした。「彼の名まえはダニエル・マクレガーというんです」

「その人、ハンサムなの？」

「いいえ……ええ」アンナは肩をすくめてから片手で頬杖《ほおづえ》を突いた。「雑誌のモデルみたいなタイプじゃありませんけど、ユニークであることは確かです。なにしろ身長が二メートル近くあるんですもの。百九十三センチくらいかしら」

「肩幅は広いの？」ヒッグス夫人は勢い込んできいた。

「そりゃあ、とっても」アンナは夫人を喜ばせるためにわざと大げさにいおうとしたが、そうするまでもなく、それが事実だと気づいた。「一人前の男を両肩に載せられそうですわ」

　ヒッグス夫人はうれしそうにベッドの背にもたれた。「大男って、わたしの好みなのよ」

　アンナは思わず顔をしかめたが、パリファッションよりもダニエルを話題にしたほうが夫人のためらしいと気づき、先を続けた。「彼は赤毛で、顎鬚《あごひげ》を生やしてるんです」

「顎鬚ですって！」夫人の目は生き生きと輝いた。「なんて粋《いき》なんでしょ」

「とんでもない」アンナはとっさにダニエルの顔を思い浮かべた。「それより、獰猛《どうもう》っていう感じですわ。でも、目はきれいなんです。とても深いブルーで」そういってから、また顔をしかめた。「人をじっと見つめる癖があるんですよ」

「大胆な性格なのね」夫人はうなずいた。「わたしって、気力の乏しい男には我慢できないたちなのよ。ところで、彼は何をしてる人なの？」

「ビジネスマンですわ。成功した、傲慢《ごうまん》な」

「なおさらいいわね。さあ、彼のどこが迷惑なのか話してちょうだい」

「彼は、わたしにいくら断られても、絶対に引き下がらないんです」アンナはそわそわと立ち上がり、窓辺に行った。「あなたには興味がないって、わたしにははっきりいわれても」

「是が非でも、あなたの気持ちを変えさせる気ね」

「そのようですわ。今週に入ってから毎日お花を送ってくるんですよ」

「なんの花？」

アンナは楽しそうな顔をしながら夫人に振り向いた。「薔薇《ばら》です。白い薔薇」

「まあ」夫人はうらやましそうにため息をついた。「薔薇なんか、若いころに何度かもらったただけで、この何十年間ただの一度ももらってないわ」

アンナは急に夫人が気の毒になり、彼女の顔をしげしげと見つめた。「わたしの薔薇を少しお裾《すそ》分けしますわ。とてもいいにおいがするんですよ」

「ありがとう。でも、昔みたいな気分にはなれないでしょうね。あのときは……」夫人はそういってから、首を横に振った。「よしましょう。過ぎたことをいくらいってもしかたがないわ。ところで、そのダニエルっていう人とは、もっとじっくりおつき合いしてみたほうがよさそうね。愛情問題をないがしろにするのは賢明じゃないわ」

「インターンの時期が過ぎれば、愛情問題に目を向ける時間がもっとできると思うんですけど」

「時間なんて、自分から作らなければ、いつになってもできやしないのよ」夫人は再びため息をつき、目を閉じた。「ダニエルって、よさそうな人だと思うけどね」そうつぶやき、うつらうつらし始めた。

アンナは夫人が眠るのを見届けてから、パリの雑誌をそっと枕もとに置き、病室をあとにした。

病院を出たのはそれから数時間後だった。足は疲れていても、気分は高揚していた。勤務の後半を産婦人科で過ごし、母親や新生児の希望にあふれる声を聞いたせいかもしれない。わたしが赤ちゃんを産むのはいつのことやら。ふとそんなことまで考え、人知れずほほ笑んだ。

「ほほ笑むとますますきれいになるな」

アンナがどきりとして振り返ると、ブルーのコンバーティブルの幌《ほろ》に寄りかかっているダニエルが見えた。きょうはスラックスにオープンカラーのシャツというカジュアルな格好をしていたが、正装したダニエルしか知らないアンナには、それがとても新鮮に見えた。それに、彼女としては認めたくなかったが、そよ風に髪をなびかせながらにっこり笑った顔がとてもチャーミングだ。とはいえ、ダニエルの誘いに応じる気などはさらさらない。どうやってこの男を撃退してやろうかしら？　アンナがためらっていると、ダニエルが体を真っすぐに伸ばして近づいてきた。

「きみがここにいることは、お父さんから聞いたんだよ」ダニエルは、白いブラウスに黒のタイトスカートという清楚《せいそ》な姿のアンナに見とれながらいった。

アンナはダニエルの視線を意識して、髪の毛を耳の後ろにたくし込んだ。「まあ、父をご存じなの？」

「僕の顧問弁護士をしていたディトマイヤーが地方検事になったんで、別の弁護士が必要なんだ」

「それ、父のことね」アンナはむっとしていった。「まさか、わたしが原因じゃないでしょうね」

ダニエルは、アンナの怒った顔もなかなかいいと思いながらほほ笑んだ。「アンナ、僕は個人的な問題をビジネスと混同するような男じゃないよ。ところで、何度電話しても出てくれなかったね」

今度はアンナがほほ笑んだ。「ええ」

「ずいぶん礼儀知らずなんだね」

「あなたほどじゃないわ。いずれにしろ、あなたにはメモを送ったはずよ」

「あんな紙切れ一枚じゃ、正式の申し入れとは認めがたいね」

「それじゃ、薔薇は送り続けるつもりなのね？」

「ああ。ところで、一日中働いてたのかい？」

「ええ。だから、よかったら失礼して……」

「家まで送るよ」

「ご親切はありがたいけど、その必要はないわ。いいお天気だし、家も近いから」

「そうか。じゃあ、いっしょに歩こう」

アンナは思わず歯がみをしてから、ゆっくりと表情を和らげた。「ダニエル、わたしの気持ちははっきりお伝えしたはずよ」

「それはそうだけど、僕の気持ちもはっきり伝えたはずだよ」ダニエルはアンナの両手を取った。「だから、これはどっちが勝つかの根比べさ。僕は勝つ自信があるんだ。だって、僕たちがお互いにもっとよく知り合って悪いことなんか、何ひとつないんだもの。そうだろう？」

「わたしはあると思ってるの」アンナはつんとしていった。「だから、手を放してちょうだい」

「もちろん放すとも。僕といっしょにドライブするっていってくれたらね」

「闇取引《やみとりひき》には応じないことにしてるのよ」

「ご立派だね」ダニエルはあっさりアンナの両手を放した。無理強いしなくても勝てる自信があったのだ。「気持ちのいい午後じゃないか、アンナ。僕とドライブしようよ。新鮮な空気と日光は体にいいんだよ、そうだろう？」

「そうね」ドライブも悪くないわ。ちょっとだけつき合ってあげれば、この人もあり余るエネルギーをほかのことに向けてくれるかもしれないし。「それじゃあ、少しだけドライブしましょうか。これ、ずいぶんきれいな車ね」

「僕もこの車が好きなんだ。ロールスロイスに乗らないと、決まってスティーブンにふくれっ面をされるんだけどね」ダニエルはアンナのためにドアを開け、立ち止まった。「運転できるのかい？」

「もちろんよ」

「それはいい」ダニエルはポケットからキーを取り出し、アンナに渡した。

「どういうこと？　わたしに運転してほしいの？」

「もし嫌じゃなかったら」

アンナはキーを握りしめた。「運転は好きよ。でも、わたしが向こう見ずじゃないって
どうしてわかるの？」

ダニエルはアンナを一瞬見つめてからどっと笑い出し、彼女を抱き上げてぐるぐる回し
た。「アンナ・ホワイトフィールド、僕はきみに夢中なんだ」

「狂ってるわ」アンナは再び地面に下ろされると、スカートの裾を伸ばし、つんとした。

「さあ行こう、アンナ」ダニエルは、いたずらっぽく笑いながら助手席に乗り込んだ。

「僕の命と車の運命はきみの手に握られているんだよ」

アンナは頭をぐいとそらしながら幌を上げ、運転席に乗り込むと冷ややかにほほ笑んだ。

「あなたはギャンブラーなの、ダニエル？」

「そうだよ」エンジンがかかると、ダニエルはシートに寄りかかった。「郊外へ行かない
か？　空気がきれいだよ」

二キロよ。アンナは車をスタートさせながら自分にそういい聞かせた。最高行っても四
キロ。けれども、車はあっというまに二十キロを走り過ぎ、ふたりは声をあげて笑ってい

た。

「気持ちいいわ」アンナは風に髪をなびかせながら大声で叫んだ。「コンバーティブルを運転するのはこれが初めてなのよ」

「この車はきみに似合ってるよ」

「そのことばは、今度わたしの車を買うときの参考にさせてもらうわ」アンナは緊張した面持ちでカーブを切った。「もうそろそろ、どんな車を買うか決めなくちゃいけないのよ。病院の近くのアパートに引っ越す予定なんだけど、車があれば何かと便利でしょ？」

「ご両親の家から出るのかい？」

「ええ、来月ね。両親は意外とすんなり許してくれたのよ。それよりも、家具を買い揃《そろ》えなくてもいいって説得するほうがたいへんだったわ」

「きみがひとりで暮らすなんて賛成できないな」

アンナがちらっとダニエルを見た。「あなたにそんなこといわれるすじ合いはないけど、いずれにしろわたしはもうおとななのよ。現に、あなただってひとりで暮らしてるんでしょ？」

「それとは問題が別だよ」

「どうして？」

ダニエルは答えようとして口を開け、すぐにまた閉じた。どうしてだって？　それは、自分のことは心配ないけど、きみのことが心配だからだ。そういおうと思ったが、それではアンナを怒らせるだけだと気づき、いわないことにした。「僕はひとりで暮らしてるわけじゃないよ。使用人がいるもの」

「わたしには使用人を雇う余裕なんかないわ。見て、緑がとてもきれいよ！」

「話をそらす気かい？」

「ええ、そうよ。午後はよく出かけるの？」

「いいや」ダニエルはこれ以上深追いしてもむだだと気づき、あとは自分の目でそのアパートを調べることにした。安全でなかったら、アパートごとそっくり買い取って、アンナの安全を確保するつもりでいたのだ。「病院できみをつかまえる以外に、きみとふたりきりになれる方法が見つからなかったものでね」

「でも、わたしに断られるかもしれなかったのよ」

「断られないという確信があったんだ。ところで、病院で何をしてるんだい？　まだ患者の体に針やナイフを突き刺すことはできないんだろ？」

アンナはまた大声で笑った。「病室を訪ねて、患者さんの話し相手をしたり、雑誌を配るのが主な仕事なのよ。あとは必要に応じてリネンの仕分けや取り替えを手伝うの」

「そんなことをするために学校に行ってるわけじゃないんだろうに」

「ええ。でも、今はなんでも勉強するつもりなの。雑用だって、病院には欠かせない仕事ですもの。それに、お医者さまも看護婦さんも忙しすぎて、患者さんと接触している時間がほとんどないのよ。患者さんたちと接してこそ、一日中ベッドに縛りつけられていることがどれだけ苦痛か、ほんとにわかるのに」

ダニエルは突然、彼が十歳のときに肺病で亡くなった母を思い出した。そういえば、おふくろもベッドに閉じ込められ通しで、ずいぶんつらそうだったな。「年がら年中病院のそばにいて気がめいらないかい？」

「気がめいるようだったら、医者になろうとは思わなかったわ」

ダニエルは、風に髪をなびかせながらハンドルを握っているアンナの横顔を、じっと見つめた。大の男の自分ですら、母が日々衰えていく姿を見るのが恐ろしかったのに、うら若いアンナが病人相手の一生を選んだことが理解できなかった。「きみのことがよくわからないな」

「わたしは自分のことをよくわかってるわ」

「どうして毎日あの病院へ行くんだい？」

わたしには夢があるからよ。アンナはそういいたかったが、とうていわかってもらえないだろうと思い、ヒッグス夫人の例を引き合いに出した。「あの病院に、ある女性の患者さんがいるの。何週間か前に腫瘍《しゅよう》と肝臓の一部を取り除いた人よ。彼女は、話し相手を欲しがるくらいで、どんなに苦しくても弱音を吐かないの。だから、わたしが話し相手になってあげるのよ。今のわたしにできるのは、それくらいしかないから」

「でも、それは大切なことだよ」

アンナはまたダニエルを見た。「ええ、彼女にとっても、わたしにとってもね。きょう、彼女はいってたわ。ご主人を亡くしたあと再婚しておけばよかった、だれか自分のことを思い出してくれる人が欲しいからって。体は衰えていても、精神はまだ生き生きとしてる証拠ね。ところで、きょうあなたのことを彼女に話したのよ」

「僕のことを?」

アンナは誤解されないようにと慎重に説明した。「ヒッグス夫人に恋人のことをきかれたんで、迷惑させられてる男ならひとりいるっていったのよ」

ダニエルはアンナの手にキスした。「ありがとう」

アンナは笑いたいのをこらえながら、車のスピードを上げた。「とにかく、あなたのことを説明してあげたら、彼女感心してたわ」

「どう説明したんだい?」

「うぬぼれが強い人だって」

「当たってるね」

「それに傲慢で、獰猛な感じがするって。不作法っていったかどうかは覚えてないわ。なぜそんな話をしたかっていうと、外の世界をほんの少し病室に持ち込むだけで、患者の病状が和らぐからよ。科学的な療法だけで病気が治せると思ったら、大まちがいだわ。医師たる者、そのことを肝に銘じておくべきね。患者に対する思いやりがなかったら、医師の価値なんてゼロかもしれないわ」

「きみはそのことを肝に銘じているようだね」

「お世辞をいわなくてもいいのよ」

「お世辞じゃないよ。きみを理解したいんだ」

「ダニエル……」アンナはそういったきり口をつぐんだ。あれほど傲慢だったダニエルに急にしおらしくされて、一瞬いうべきことばが見つからなかった。「ほんとにわたしを理解する気があるなら、わたしの話を聞いてちょうだい。医者になるって決めたのは、あれこれ迷ったあげくのことじゃないわ。初めから、わたしにはそれしかなかったのよ。だから、今は何にも煩わされずに勉強したいの」

ダニエルはアンナの肩を指先でなぞった。「僕のことを煩わしいと思ってるのかい、アンナ？」

「どうやら冗談じゃなさそうね」

「冗談じゃないさ。僕の妻になってほしいんだ」

ハンドルを握っているアンナの手もとが狂い、車が急に進路からそれた。アンナはブレーキを踏み、道路の真ん中で車を急停車させた。

「これはイエスっていう意味かい？」ダニエルはあわてふためくアンナの顔を見ながら、にやりとした。

アンナはしばしあっけに取られて、口もきけなかった。「……気でも狂ったんじゃないの？　知り合ってから一週間しかたっていない、しかも、ほんの二、三回しか会ったことのない女に、いきなり結婚を申し込むなんて。ビジネスもこの調子でやってるとしたら、破産しないのが不思議なくらいだわ」

「ビジネスはけっこう選択肢があるから、その心配はないよ。アンナ、もう少し時間を置いてから申し込むべきだったかもしれないけど、そのもう少しっていうのがどれくらいなのか、見当がつかなかったんだ」

「見当ですって？」アンナはいきりたっていうと、気を静めようとして深く息を吸った。「いいことを教えてあげましょうか？　結婚するにはふたりの人間が必要なのよ。お互いに愛し合い、結婚する意思のあるふたりの人間がね」

「僕たちふたりがいるじゃないか」

「でも、わたしには結婚の意思がないわ。あと一年は学校があるし、その先はインターン、もっとその先は専門医学の研修生として勉強しなければいけないんですもの」

「きみが医者になることについてはあまり賛成しかねるけど、多少譲歩するつもりはあるんだ」

「譲歩ですって？」アンナは怒りに燃える目でダニエルをにらみつけ、冷ややかな口調でいった。「わたしには譲歩の余地なんてないわ。あなたとは理性的に話し合うつもりだったけど、あなたが聞く耳を持たないようだから、それもむだね。今度のことは忘れてちょうだい。いくらねばっても時間のむだよ」

にべもなく突っぱねられたダニエルは、急に腹を立て、強引にアンナを抱き寄せた。「自分の時間をどう使おうと、勝手だろうが」そういうと、彼女の唇に強引にキスした。

強い日ざしを浴び続けたアンナの唇はとても温かく、肌は信じられないくらい柔らかい。ダニエルはこのとき初めて、打算を抜きにしてアンナを欲しいと思った。

アンナはダニエルを拒めなかった。簡単に拒めると高をくくっていたのに、体が突然熱くなり、がたがた震え出したのだ。この人はやっぱりわたしの思ったとおりの男だわ。タフで強引で危険な男なのよ。そんなことを思いながらダニエルにしなだれかかり、自分でも驚くほどの情熱を込めて彼にキスした。

ああ、どうしてこんなにいい気持ちなのかしら？　いつまでもキスしていたい。どうしたらやめられるの？　どうしたら……。アンナはしばし熱いキスに酔いしれたが、やがてゆっくりと唇を離すと、体をまっすぐに伸ばし、前方をじっとにらんだ。

「あなたとはもう二度と会わないわ」

ダニエルは、はっとしたような顔をした。「そんなこと嘘《うそ》だろう？」

「わたしのいうことはいつもほんとよ」

「それは知ってるさ。でも、今のは嘘だ」

「ダニエル、あなたには何をいってもむだね」アンナは一瞬かっとなったが、すぐに平静に戻った。「仮にわたしがあなたを愛しているとしても、どうなるものでもないわ」

ダニエルはアンナの髪を指にからませ、すぐに放した。「どうなるか、じっくり見てみようじゃないか」

「そんなことする必要は――」アンナがそういいかけたとたん、警笛がけたたましく鳴り、一台の車がコンバーティブルの脇《わき》にどすんとぶつかった。車を運転していた年配の男はいったん車を停《と》め、ふたりをにらみつけると、なにやら大声でどなりちらしながらそそくさと走り去った。

ダニエルが大声で笑い出すと、アンナも顔をハンドルに押しつけ声を揃えて笑った。

「ダニエル、こんなばかげた話ってないわ」アンナはまだくすくす笑いながら頭を上げた。

「あなたが結婚の話さえ持ち出さなければ、お友だちになれたかもしれないのに」

「僕たち、友だちになれるさ」ダニエルは身を乗り出し、アンナにそっとキスした。「でも、僕は妻や家族が欲しいんだ。男がそういうものを必要とする時期ってあるものなんだよ。家族がいなければ、すべてが無意味だと思う時期が」

アンナはハンドルの上で両腕を組み、その上に顎を載せると、道路沿いの丈の高い草をにらんだ。「あなたにしてみれば、そうなんでしょうね。だから、結婚しようと決心して、自分の財産にふさわしい妻を探し始めたんでしょ？」

ダニエルはそわそわと体を動かした。こんなに人の心理を見抜く女を妻にすると具合が悪いかもしれないぞ。だが、もう彼女を選んだんだからしかたがないな。「どうしてそう思うんだい？」

「あなたにとってはすべてがビジネスだからよ」アンナはダニエルの目をじっと見つめた。

「多かれ、少なかれね」

「そうかもしれないが、要するにきみがぴったりなんだ。きみしかいないんだよ」

アンナはため息をつきながらシートに寄りかかった。「結婚は商取引じゃないし、そうであってはいけないのよ。あなたのお役には立てないわ、ダニエル」そういうと、車を再び発進させた。「もう戻りましょう」

ダニエルはアンナの肩にそっと手を置いた。「今さら、あと戻りしようたって手遅れだよ。ふたりとも、もう戻れないんだ」

4

雷鳴がとどろき、雨模様の夜空に稲妻が光った。風はそよともせず、まだ夏が始まったばかりの夜だというのに、ひどく蒸し暑い。マイラは、嵐《あらし》の前兆に胸をわくわくさせながら急ブレーキを踏み、ディトマイヤー宅の前に車を停《と》めた。

「すさまじい音だわ」マイラはそういいながらサンバイザーの上の鏡をさっと下ろし、顔を点検した。「いよいよ修理に出さなくちゃ」

「顔を？」アンナはにっこりしながらちゃかした。

「いずれはね。でも、その前にこのいやらしい音をなんとかしなくちゃ」

「もう少し慎重に運転すればいいのよ」

「そんなことをしてどこがおもしろいの？」

アンナは笑いながら車から降りた。「そのぶんじゃ新車を運転させるわけにはいかないわね」

「新車ですって？　いつ手に入れたの？」

「あしたあたり買おうかなと思ってるのよ」

「すごい！　わたしもいっしょに行くわ。新しいアパートに新しい車か……」マイラはアンナと腕を組み、玄関に続く小道をぶらぶらと歩き出した。「少女アンナの身に何が降りかかったのかしら？」

「自由の味よ。いったんその味を知ったら、病みつきになるわね」

へえ？　この人が勉強以外のことに病みつきになるなんて、どういう風の吹き回しかしら？　わたしの勘に狂いがなければ、彼女は医学雑誌を読む以外に、新しい楽しみを発見したんだわ。マイラは上唇をなめながら想像をたくましくした。

「ダニエル・マクレガーは、その件にどの程度関与してるの？」

アンナは立ち止まって眉を上げると、まずは玄関のベルを鳴らした。知りたがり屋のマイラの扱いには慣れているのだ。「彼とわたしの新車と、どんな関係があるのかしら？」

「わたしは病みつきになった件の話をしてるのよ」マイラはいたずらっぽい目をしながらいった。

アンナはわざとまじめくさった顔をした。「見当違いもいいところよ、マイラ。わたしはただコネチカットに格好よく乗りつけたいだけなんだから」

「それじゃ、赤い車がいいわ。うんと派手な」

「いいえ、白い車よ。しゃれた感じの」

「ところでそのドレス、よく似合うわね」マイラは一歩下がって、アンナの着ている淡いピンクのドレスをしげしげと眺めた。「わたしがそんな色を着たら、壁紙と見分けがつかなくなっちゃうけど、あなたが着ると、お菓子屋さんのショーウインドーに飾ってあるケーキの見本みたいに見えるわ」

「からかわないで。とにかく、あなたには派手な服がとてもよくお似合いよ」

「でしょう?」マイラはうれしそうに口をすぼめてみせた。

執事の手でドアが開けられると、アンナはさっそうと中へ入った。自分でもなぜかわからないが、とても気分がいいのだ。恐らく、気分がいいのは病院での地味な努力がじょじょに報われてきたのか、ドクター・ヒューイットから最新の外科技術に関する手紙をもらったせいで、相変わらず毎日届けられる白薔薇《しろばら》とはいっさい無関係だと思った。

でっぷり太った体をラベンダー色のドレスに包んだルイーズ・ディトマイヤーが、アンナとマイラを出迎えた。「アンナ、なんてきれいなんでしょう。ほんとにきれいよ。パステルカラーって、若いお嬢さんにとてもよく似合うのよね」淡いピンクのドレスをしげしげと眺めながらそういうと、今度は、露骨にとがめるような目つきをしながら、マイラの着ているエメラルドグリーンのドレスに視線を走らせた。「マイラ、ご機嫌いかが?」

「とても元気ですわ。ありがとう」マイラは内心むかむかしながら、うわべは愛想よく返事をした。

「ディトマイヤー夫人、あなたのドレスこそ、とてもすばらしいわ」アンナはマイラのわき腹を肘でこづいた。「わたしたち、早すぎたんじゃありません?」

「そんなことないわ。もうサロンに何人かいらっしゃるのよ。さあ、どうぞ」ディトマイヤー夫人は先に立って歩き出した。

「まるで戦艦みたいね」マイラがアンナにこっそり耳打ちした。

「だったら、口を慎まないと撃沈されるわよ」

「あなたのご両親もお招きしてあるのよ。いらしてくださるといいんだけど」ディトマイヤー夫人は戸口で立ち止まり、満足そうに来客を眺め回した。

「必ず来るはずですわ」アンナが答えた。

夫人は使用人に手で合図をした。「チャールズ、お嬢さんたちにシェリー酒をお出しして。あなたたち、あとは勝手にやってね。あたくし、やることがまだいっぱいあるの」そういうと、夫人はそそくさとその場を立ち去った。

マイラはふてくされたような顔をして、バーまでぶらぶら歩いていった。「バーボンにしてちょうだい、チャールズ」

「わたしはマティーニね」アンナがいった。「ドライで。お行儀よくしなさい、マイラ。確かに彼女にはうんざりだけど、なんといってもハーバートのお母さまなんですからね」

「あなたはいいわよ。なにしろ、彼女から見れば、あなたの頭上には天使の輪があって、背中には羽が生えているんですもの」

「それはオーバーよ」

「じゃあ、天使の輪だけにしてもいいわ」

「絨毯《じゅうたん》にマティーニをこぼしたら、少しはあなたのお役に立てるかしら？」アンナはグラスからオリーブの実をつまみ出した。

「あなたにそんなことできるわけないわ」マイラがそういったとたん、アンナはグラスを傾けた。

「やめなさい！」マイラはくすくす笑いながらアンナのグラスをまっすぐにすると、オリーブの実をアンナの手から取り、ぽいと自分の口に入れた。「あなたが大胆な人だってことをころっと忘れていたわ。あの軍艦に引っかけるならいざ知らず、きれいな絨毯を汚すのはもったいないわよ。それにしても、かわいそうなハーバート」そういうと、ほかの客たちを観察しようとして、くるりと振り返った。「あら、ハーバートよ。知ったかぶりで男好きのメアリー・オブライエンにいい寄られてるわ。彼って頭のいいところは魅力的なんだけど、残念なことにとても……」

「とても、何？」

「いい人だわ」マイラはそういうと、グラスを持ち上げてにやにや笑いを隠した。「ところで、だれからもいい人だといわれそうもない人がいるわよ」

アンナはとたんにパニックに襲われ、右手にあるテラスのドアから逃げ出したくなった。

「あらあら」マイラはかすかに震えているアンナの腕に手を置いた。「気分を害したの？」

アンナは、わけもなくうろたえた自分に腹を立てグラスをカウンターに置いたが、すぐにまた持ち上げた。「ばかなこといわないでよ」

「アンナ、ほんとのことをいって。この世であなたをいちばん愛してるのは、このわたしなのよ」マイラは冗談半分にいった。

「彼ってしつこいのよ。それだけだわ。異常にしつこいものだから、わたしいらいらするの」

「あ、そう。じゃ、今はそういうことにしときましょう。ところで、気分直しにハーバートを助けに行かない？」

アンナは素直にうなずくと大きく息を吸い、肩の力を抜いた。ここはパーティー会場なのだ。ダニエルの車の中じゃない。何も起こるわけはないじゃないの。

「こんにちは、ハーバート」マイラは彼の横に立った。「メアリー」

「あら、マイラ」メアリーは露骨に迷惑そうな顔をすると、ぷいとそっぽを向いた。ハーバートは目を白黒させている。

マイラはおかしさをこらえながら、彼の腕に腕をからませた。「相変わらず善良な犯人たちを牢屋《ろうや》にぶち込んでるの？」

ハーバートが何もいわないうちに、メアリーがマイラをじろりと見た。「まったくもう。それじゃ、まるでハーバートが遊んでるみたいに聞こえるじゃないの。彼は、この国の司法制度の大事な一翼を担ってる人なのよ」

「それ、ほんと?」マイラは大げさに眉を上げてみせた。「わたしはまた、泥棒を豚箱にぶち込んでるだけかと思ってたわ」

「それをいうなら、定期的に、とつけ加えてもらいたいね」ハーバートは、澄ました顔をしていった。「市民の安全を守るために、僕は日夜並々ならぬ努力を重ねてるんだから。僕のブリーフケースについてる刻み目を見てごらんよ。僕が今までに何人泥棒をつかまえたか、ひと目でわかるから」

マイラはハーバートにも冗談が通じるとわかると、キャスリーン・ドナヒューをまねて彼にしなだれかかり、まつげをしばたたかせた。「まあ、ハーバート、わたし、タフな男の人って大好きよ」

それが親友のキャスリーンの物まねだとすぐに気づいたメアリーは、鼻をふんと鳴らしつんと顎を上げた。「わたし、失礼するわ」

「彼女の鼻、継ぎ目がずれてるんじゃない?」マイラは目をまるくしていった。「アンナ、医学的な見地から見てどう思う?」

「究極の意地悪病ね」アンナはマイラの頬を軽くたたいた。「気をつけなさい。それ、伝染病だから」

「おみごとだったよ」

アンナはその声にはっとして、一瞬体をこわばらせた。いつのまにか、ダニエルが三人の後ろに立っていた。

「こんばんは、マクレガーさん」マイラは親しみを込めて手を差し出した。「バレエはお楽しみになれまして？」

「それはもう。でも、あなたのお芝居もバレエと同じくらい気に入りましたよ」

ハーバートはすばやくダニエルと握手した。「マイラといると絶対に退屈しませんからね」

マイラは驚いたような顔をしてハーバートに振り向いた。「まあ、ありがとう」そういうが早いか、この際アンナとダニエルをふたりきりにしてやろうと思い立ち、ハーバートにいった。「わたし、ディナーの前にもう一杯飲み物をいただきたいわ。あなたもよね、ハーバート？」

「たいした女性だよ」ダニエルは感心したように頭を振りながら、人込みをかき分けてハーバートを引っ張っていくマイラをじっと見つめていた。

「ええ、ほんとにたいした女性だわ」アンナも、マイラをじっと見つめながらいった。

「そのヘアースタイル、いいね」

アンナは思わず髪に手を当てそうになってから、あわてて下ろした。病院から戻ってから短時間で身支度をしたので、ヘアースタイルまでは手が回らず、せめてパーティーらしくと後ろでまとめただけなのだ。できるだけ洗練された感じに見せたいとは思ったが、ダニエルに面と向かって褒められるとおもはゆかった。

「前にもディトマイヤーさんの家に来たことがあるの？」

「また話題をそらすつもりかい？」

「ええ、来たことは？」

ダニエルはかすかにほほ笑んだ。「ないよ」

「ダイニングルームにクリスタルのすばらしいコレクションがあるのよ。あとで見るといいわ」

「クリスタルが好きなのかい？」

「ええ。一見冷たく見えるけど、光に当てると驚くほどいろいろな表情を見せてくれるんですもの」

「僕の家に食事に来れば、僕のコレクションも見せてあげられるんだけどね」

「あなたもクリスタルを集めてるの？」

「僕はきれいなものが好きなんだよ」ダニエルは思わせぶりな口調でいった。

アンナは冷ややかな目でダニエルを見据えた。「お世辞のつもりなら、ありがたく受け取っておくわ。でも、あなたに収集されるつもりはないのよ」
「きみをガラスのケースに飾りたいとは思わないな。きみが欲しいんだから」ダニエルは
アンナの手を取ったが、アンナがそれを引っ込めようとすると、強く握りしめながら挑発
するようにいった。「きみって臆病《おくびょう》なんだね」
「用心深いのよ」アンナは視線を、握られた手もとに落とした。「手を放してくれない？」
ダニエルはそれでも手を握ったままだった。「気がついたかい？　きみの手って、僕の
手の中にすっぽり収まるんだね」
アンナはまたダニエルの目を見た。「あなたの手はとても大きいから、だれの手でも収
まるでしょ」
「そうは思わないね」ダニエルはようやくアンナの手を放し、今度は腕を取った。
「ダニエル……」
「そろそろ食事に行こうか」
アンナは食事をするどころではなかった。ふだんから少食で、いつもマイラに叱《しか》られて
いたのだが、今夜はまるで食欲がわかない。細長いバンケットテーブルでダニエルの隣に
座らされたときには単なる偶然だと思ったが、彼の顔をひと目見たとたん、彼のしわざだ
と確信した。ダニエルがシーフードの前菜とスープをなんなく平らげる傍らで、彼女はほ

んのおしるし程度に口をつけるだけだった。

ダニエルは隣の女性を完全に無視して、しつこいくらいにアンナの世話を焼いた。がんばってもう少し食べてごらん。あれがおいしいから味をみてごらん。そんなことを絶えず彼女の耳もとでささやくのだ。アンナはいらいらして席を立ちたいくらいだったが、人目をはばかってうわべは平然としていた。

アンナの両親はテーブルの端近くに座っていた。彼女が何気なく目をやると、両親ともいわくありげな目で自分を見つめている。たいへん、ふたりともわたしたちの仲を誤解してるみたいだわ。アンナはあわててステーキをのみ込んだが、それからまもなく、テーブルのあちこちでうなずき合い耳打ちし合っている客の姿を見て、すぐに誤解しているのは両親だけではないと気づいた。

「今すぐそのばかげたお芝居をやめなさい。さもないと、あなたの膝にワイングラスをたたきつけてやるわよ」

ダニエルはアンナの手を軽くたたいた。「きみにそんなことできるわけないさ」

今に見てらっしゃい。アンナは深く息を吸いながら、ひそかにつぶやいた。

やがて、デザートが運ばれてきた。今だわ。アンナはテーブルの上にさっと手を滑らせ、ワイングラスを軽く押したが、ダニエルがとっさにグラスをつかみ、元どおりにした。グラスの中味が半分ほどこぼれ、テーブルクロスを濡《ぬ》らしたが、テーブルの下まではこぼれなかった。ダニエルはアンナが舌打ちするのを聞き、今にも笑い出しそうになった。「とんだへまをしてしまって。なにしろ手が大きいものですから」ダニエルはすまなそうな顔をしながらディトマイヤー夫人に謝ると、テーブルの下のアンナの脚をそっとたたいた。

「構いませんのよ」ディトマイヤー夫人は濡れたテーブルクロスに抜かりなく視線を走らせながら、愛想よく答えた。「こういうときのためにテーブルクロスがあるんですから。それよりお召し物にワインがかかりませんでしたか?」

ダニエルはまずディトマイヤー夫人に、それからアンナに向かってにっこりした。「いえ、一滴も」

やがて周囲の目が自分からそれると、ダニエルはアンナにささやいた。「実に鮮やかな手つきだったね。わくわくしたよ」

「わたしのねらいどおりになってたら、もっとわくわくできたのにね」

ディナーのあとは、パーラーでブリッジということになった。ブリッジなんて大嫌いだけど、あれをやっていればダニエルとふたりきりにならずにすむ。アンナがそう思いながら仲間を物色し始めると、五、六人の若者がどやどやと現れ彼女をむりやり庭に連れ出した。

嵐が近づいてきたのか、風がだいぶ強まり、パーティーの始まったころと比べるとかなり涼しくなっていた。月は雲に隠れていたが、庭のあちこちに配置された明かりが木々や芝生を柔らかく照らしている。だれかが室内でラジオをつけ、外にも聞こえるようにとボリュームを上げると、若者たちは当てもなくぶらぶらし始め、やがて、ひと組、ふた組とダンスのペアを組んでいった。

「庭園のことには詳しいのかい？」ダニエルがアンナに声をかけた。

やっぱりつかまっちゃったわ。アンナはそっと肩をすくめ、友人たちがそばにいるのを確かめながら答えた。「少しだけね」

「スティーブンは本職の庭造りより車の運転のほうがうまいんだよ」ダニエルは白い大きな牡丹《ぼたん》の花のにおいをかいだ。「きちょうめんなんだけど、想像力に欠けるんだね。僕の希望としては、庭というのは何かもう少し――」

「華やか？」

「そう、華やか、かつカラフルであってほしいね。スコットランドの原野には、何種類もの野薔薇が咲き乱れているんだ。花屋で売っているような、きれいでひよわな薔薇じゃなくて、親指くらいの太さの茎と、きみの体に孔《あな》を開けられるほどの鋭いとげをつけた、たくましい薔薇がね」ダニエルはそういうと、アンナの制止を無視して花をひとつもぎ取り、彼女の髪に挿した。「こういう繊細な花は、観賞したり女性の髪に飾ったりするぶんにはいいけど、生命力という点では野薔薇にかなわないね」

アンナは野薔薇の咲き乱れている広々としたスコットランドの原野に思いをはせた。

「スコットランドが恋しくなることはあるの？」

ダニエルは一瞬遠くを見るような目つきをすると、しんみりと答えた。「ときどきね。断崖《だんがい》と海、それに青々とした草が恋しくなるんだよ」

「いつかはスコットランドに帰るつもりなの？」

ダニエルは一瞬口ごもり、顔をそむけた。そのとき稲妻がひらめき、彼の顔をくっきりと照らし出した。まるで、わたしがいつも想像していた北欧神話の雷神トールみたいだわ。アンナはそう思い、胸をときめかせた。

「いいや。住めば都っていうからね。自分の今いるところが故郷さ」ダニエルは静かに答えた。

アンナの興奮はダニエルの静かな声を聞いてさらに募った。今のは光のトリックだ。トリックに心を惑わされるなんて、ばかげている。彼女は藤《ふじ》のつるを指先にからませながら、そう自分にいい聞かせた。

「スコットランドにご家族はいないの？」

「いないよ。僕が一族の最後の人間だからね。だから、僕は息子や娘が欲しいんだよ、アンナ。きみに僕の子どもを産んでもらいたいんだ」

まだ性懲りもなくこんなことをいってるわ。いったい、どういえばわかってもらえるのかしら？　アンナは急に不安を覚えながら小道を歩き続けた。「あなたといい争うつもりはないわ、ダニエル」

「よかった」ダニエルはいきなりアンナの腰を抱き体をぐるぐる回すと、にこにこしながらいった。「車でメリーランドまで行って、あしたの朝、結婚しよう」

「とんでもないわ！」アンナは内心うろたえたが、毅然《きぜん》として断った。

「わかった。盛大な結婚式を挙げたいというなら、一週間だけ待とう」

「だめ、だめ、だめよ！」アンナは叫んでいるうちに突然おかしくなり、笑いながらダニエルの胸を押しのけた。「ダニエル、あなたってほんとにわからず屋ね。わたしは、あすだろうと一週間後だろうと、それよりずっと先だろうと、あなたと結婚する気はいっさいありませんからね」

ダニエルはアンナの腰を両手でかかえ、顔が向かい合う位置まで彼女を持ち上げた。アンナは唐突な彼の行為に初めのうちこそショックを受けたが、やがて奇妙な興奮を覚えた。

「賭《か》けるか？」

アンナは眉を吊《つ》り上げて冷ややかな口調でいった。「今、なんていったの？」

「くそっ！」ダニエルはそういうが早いか、アンナの唇に強引にキスした。「もし僕が名誉を重んじる人間じゃなかったら、今すぐきみを地面にたたきつけてるところだぞ」そういうと、大声で笑ってからまたキスをした。「その代わり賭《かけ》には応じてもらうからな」

アンナは自分の名まえも思い出せないほどぼうっとしていた。もし、もう一度キスされたら、完全にダニエルのいいなりになりそうだったが、かろうじて理性を取り戻し、彼の肩を両手で押しながらにらみつけた。「ダニエル、下ろしてよ」

「いやなこった」ダニエルはにやりとした。

「いうことを聞かないと、あとで後悔するわよ」

ダニエルはワイングラスの一件を思い出し、しぶしぶアンナを下ろすと、彼女の腰を抱いたままいった。「賭けるものは……」

「なんのことかしら？」

「僕は、前にきみにいわれたとおりギャンブラーなんだ。きみはどうかな？」

アンナはダニエルの胸に手を当てていることに気づき、あわてて手を下ろした。「もちろん、わたしはギャンブラーなんかじゃないわ」

「はっ！」ダニエルは挑むような目つきをしてアンナをにらみつけた。「この嘘《うそ》つきめ。社会の仕組みをばかにして医者になろうなんて女は、体質的にギャンブラーに決まってるじゃないか」

ダニエルの作戦がまんまと図に当たり、アンナはつんと顎を上げながらいった。「何に賭けるの？」

「ほら、見ろ」ダニエルはまたアンナを抱き上げようとしたが、彼女ににらみつけられるとしかたなくあきらめた。「一年以内に、きみが僕の贈った指輪をはめるってことにさ」

「わたしはその反対に賭けるわ」

「もし僕が勝ったら、きみは僕の妻になって、一週間ぶっ通しでベッドの上で過ごすんだ。僕といっしょに、食べて眠って愛し合うんだよ」

アンナは露骨なことばにも眉ひとつ動かさず、冷ややかにうなずいた。「で、もし負けたら？」

ダニエルは相変わらず挑むような目つきで答えた。「きみのいうとおりにするさ」

いいのかな、そんなことといって。アンナは皮肉っぽく唇をゆがめた。「だったら、病院に寄付してもらうわ。新しい病棟がひとつできるくらいの額を」

「いいだろう」ダニエルは即座に答えた。

どんなばかげた賭でも、この人なら約束を守ってくれそうだわ。アンナはそう思いながらダニエルに手を差し出した。

ダニエルは型通りの握手をしてから、アンナの手を唇に押し当てた。「こんなにリスクの高い賭をするのは、後にも先にもこれだけだよ。さあ、キスさせてくれ、アンナ」そういうと、しり込みするアンナを抱き寄せ、こめかみにそっとキスした。「賭の対象も賭けるものも決まったけど、この勝負どっちが勝つんだろうね、アンナ？」

ダニエルは唇を軽くこすり合わせながら、背中からうなじ、そしてウエストへと悩ましく手をはわせた。アンナは生まれて初めて知る熱い快感にとまどいを覚えながらも、されるがままになっていた。

体が熱くて、とろけそう。こんなことって、この世の中にあったのね。ああ、早くキスしてくれないかしら。アンナがそっとうめき声を漏らした瞬間、天が真っぷたつに割れたかと思うほど激しい勢いで、大粒の雨が降り出した。

ダニエルは舌打ちし、アンナをそっと抱き上げると大声で叫んだ。「アンナ、きみにはキスの貸しがあるからな。覚えておけよ」いうが早いか彼女の体に覆いかぶさるようにしながら、テラスに向かって走り出した。

翌日、アンナは病院にいてもぼうっとしていた。廊下を歩きながら一瞬自分の行き先がわからなくなり、立ち止まってから、すぐにそんな自分にとまどい、腹を立てた。病院にいながら、仕事以外のことに気を取られている自分が許せなかった。

とはいえ、ダニエルの腕に抱かれ、どしゃ降りの雨の中を走り抜けたときのスリルは、そうそう忘れられるものではなかった。それに、彼がテラスのドアに体当たりして部屋に入り、早くアンナにタオルとブランデーをと叫んだとき、それまで静かにブリッジを楽しんでいた人々が、あわてて右往左往したようすも。あのときのディトマイヤー夫人の顔ったらなかったわ。文字どおり目を皿のようにして。そう思うと、ぷっと噴き出しそうになった。

患者に雑誌を届けたり、患者の話し相手をしながら、一日の大半を隔離病棟で過ごした。腕時計に目をやると、マイラと車を買いに行く約束の時間まで、あと一時間足らずしかない。それでも、ヒッグス夫人の顔を見なければ病院を出る気になれなくて、五階へと足を運んだ。

今夜、車を買ったら、マイラを食事に誘ってごちそうを食べようかしら？　彼女はそれがいちばん好きなんですもの。それから、郊外までテストドライブなんていうのもいいわね。そんなことを考えながら五二一号室のドアを開けたアンナは、あっけに取られて口をぽかんと開けた。

「まあ、アンナ。もう来ないのかと思ったわ」ベッドに起き上がっていたヒッグス夫人は、目を輝かせながらそういった。ベッドサイドのテーブルには、真紅の薔薇を生けた花瓶が置かれ、そのそばにはなんとダニエルが恋人然として座っている。

「いったでしょう、あなたの顔を見ないで、アンナが帰ってしまうことなんかないって」ダニエルは立ち上がり、アンナに椅子を勧めた。

「そうですとも」アンナはうろたえながら答え、ベッドに近づいた。「ヒッグスさん、きょうはとてもお元気そうですね」

「お客さまが見えるとわかっていたら、もう少し身だしなみを整えておくんだったわ」ヒッグス夫人はもう何日もシャンプーしていない髪を気にしながら、うっとりしたような目つきでダニエルを見た。

「そのままで十分おきれいですよ」ダニエルは心のこもった口調でいうと、やせ細った夫人の手を両手で包んだ。

ヒッグス夫人は誇らしげに目を輝かせた。「殿方の訪問を受けたときには、自分のいちばんいいところをお見せしなければね、アンナ？」

「ええ、もちろんですわ」アンナはベッドの足もとまでゆっくりと歩き、さりげなく検査表を見た。「きれいなお花ね。病院へ来るなんていう話は聞いてないわよ、ダニエル」

ダニエルはヒッグス夫人にウインクした。「人を驚かせるのが好きなもんでね」

「あなたのボーイフレンドがわたしを訪ねてくれるなんて、すばらしいと思わない、アンナ？」

「この人は別に……」アンナは抗議しかけて思いとどまった。「ええ、そうですわね」

「そろそろふたりきりになりたいでしょ？　お引き止めしないわ」ヒッグス夫人はダニエルに手を差し伸べた。「また来てくださる？　お話しできて、楽しかったわ」

「また来ますよ」ダニエルは夫人の頰にキスした。

アンナはてきぱきと枕《まくら》やシーツを整え、夫人をベッドに横たえた。「さあ、お休みになるといいわ。疲れるのがいちばんいけないんですから」

「わたしのことは心配しないで」ヒッグス夫人はため息をついた。「さあ、もう行ってちようだい」

　ふたりが部屋を出ようとするときには、夫人はすでにまどろみ始めていた。

「きょうの仕事は終わったのかい？」ダニエルが廊下を歩きながらたずねた。

「ええ」

「家まで送っていこう」

「けっこうよ。マイラと会う約束があるから」アンナはエレベーターのボタンを押した。

「それじゃ、途中まで送っていくよ」

「ほんとにけっこうよ。すぐ近くで会うんだから」

　ふたりはエレベーターに乗った。

「今夜、食事をつき合ってくれないか？」

「できないわ。予定があるの」アンナが両手を握りしめながら答えると、エレベーターのドアが開いた。

「あしたは？」

「さあ……」アンナは胸をどきどきさせながら病院の外へ出た。「ところでダニエル、きょうはどうしてここへ来たの？」

「もちろん、きみに会うためさ」

「でも、ヒッグス夫人を見舞ったでしょ？」アンナは歩きながらそうきいた。たった一度しか話していない夫人のことを、彼がどうして覚えていたのか不思議でたまらなかった。

「いけなかったかい？　ちょっと相手をしてあげただけで、ずいぶん元気になったようだけど」

アンナは首を横に振りながら、返事を探した。ダニエルの親切な行為の裏には、何か隠された計算があるとしか思えなかった。

「あなたのしたことは、現時点では、医者が彼女にのませているどんな薬よりも効果があるわ」アンナはそういってから足を止め、真剣なまなざしでダニエルを見つめた。「でも、どうしてあんなことをしたの？　わたしの気を引くため？」

ダニエルは一瞬口ごもった。確かに初めの動機は彼女に気に入られることだったし、我ながら抜群のアイデアだと思っていた。ところがいざヒッグス夫人と話を始めると、まるで亡き母と話しているような錯覚に陥り、このつぎは、アンナのためでなく自分自身のために夫人を見舞おうという気になっていた。けれども、その辺の事情をどうアンナに説明していいかわからなかったし、長いこと心に秘めてきた母への思慕を彼女にさらけ出すつもりもなかった。

「主なねらいは、きみの気を引くことだった。それと、きみが毎日働いている場所がどんな所かも知りたかったしね。全部とはいわないけど、部分的にはわかったような気がするよ」アンナが何もいわないので、ダニエルは両手をポケットに突っ込み、彼女と並んで歩いた。この女は案外僕をてこずらせるんだな。喜ぶかと思ったら、にこりともしない。いったい、何がそんなに気に入らないんだ。そう思うと急に腹立たしくなり、大声でどなった。「いってくれ。気に入ってもらえたのか、もらえなかったのか?」

アンナは足を止め、冷ややかな目でダニエルを見上げた。いったい、何を考えているんだろう? ダニエルがそう思ったとたん、驚いたことにアンナはいきなり彼の顔を両手で挟み悠然と引き寄せると、唇にそっとキスをした。

それは、ほんの少し唇をかすった程度のキスだったが、ダニエルにはそれだけで十分ショックだった。アンナはしばらくダニエルの顔を押さえたまま、その目をじっと見つめると、あっけに取られている彼をしり目にひと言もいわずにその場を立ち去った。

ダニエルは、生まれて初めて口もきけないほど驚き、その場に立ちつくしていた。

5

ダニエルはオールドライン・セービング・アンド・ローンの自分のオフィスで、葉巻をふかしながら支配人の長ったらしい報告を聞いていた。この支配人は銀行業務に精通し、数字に強かったが、いかんせん目先の利益しか考えられなかった。

「……そんなわけで、この際、ハロランの土地に抵当権を行使することをお勧めします。この土地を競売に出せば、未払いの元金が回収できるうえに五パーセントの利益が見込めますので」

ダニエルは灰皿に葉巻の灰を落とした。「それは延期しろ」

「は?」

「ハロランの返済期限を延期しろといったんだよ、ボンベック」

ボンベックはずり落ちためがねを押し上げ、手にした書類をぱらぱらとめくった。「念のためもう一度申し上げますが、ハロランの返済は六カ月も滞っています。たとえ彼のいうとおり仕事が見つかったとしても、この四半期内に滞納分を清算できる見込みはないと思いますが」

「そんなことはわかってるさ」ダニエルはうんざりしたようにつぶやいた。

ボンベックは書類を抜き取り、ダニエルの机の上に置いた。「これにざっと目を通していただくだけでも、どうすべきかは――」

「ハロランにあと六カ月の猶予を与えて、利子を期限内に持ってこさせろ」

「六カ月……」ボンベックはそういったきり絶句し、自分の椅子に戻ると両手を握りしめながらいった。「マクレガーさん、ハロラン家に同情するお気持ちはよくわかりますが、感傷的になっていたら銀行経営は成り立ちません」

ダニエルは葉巻を吸い、ひと呼吸置いてから煙を吐き出すと、うっすらと笑った。「そうかい、ボンベック？　ご忠告、感謝するよ」

ボンベックは唇をなめた。「わたしは当行の支配人といたしまして――」

「一カ月前にわたしが買収したとき、今にも倒産しそうだったのはどこの銀行だったかな？」

「そう――」ボンベックは今度はせき払いをした。「まさしく問題はそこです。だからこそ、わたしの十五年のキャリアを十分に活用していただきたいんです」

「ほう、十五年ね」ダニエルはいかにも感心したようにいったが、ほんとうは十四年と八カ月と十日だということを知っていた。全従業員の経歴を頭の中にたたき込んであるのだ。

「それはすばらしいね、ボンベック。だったら、表現を変えれば、わたしの考え方がわかってもらえるかな？　きみは確か、ハロランの土地を競売に出せば、五パーセントの利益があがるといったね？」

ボンベックは大きくうなずいた。「まさしくそのとおりです、マクレガーさん」

「なるほど。しかし、常識的に考えて、残り十二年の抵当期間を過ぎれば、その三倍という長期的な利益が見込めるんじゃないのか？」

「もちろん、長い目で見れば、そういうことになります。しかし……」

「よろしい。これでお互いの意見が一致したわけだ。延期したまえ。それと、来月から抵当レートを十五パーセント引き下げよう」

「引き下げるって、そんな……」

「それと、預金の利子を最高許容範囲まで引き上げるんだ」

「マクレガーさん、それではオールドラインは大赤字になります」

「短期的にはね。だが、長期的には……長期的という意味はわかるね、ボンベック？　長期的には莫大《ばくだい》な利益を生むことができるんだよ。オールドラインの抵当レートを州でいちばん低くしよう」

ボンベックは目をみはり、ごくりとつばをのみ込んだ。「はい」

「それと、預金利子は最高だ」

　ボンベックには、ドル紙幣に羽が生え、空を飛んでいくのが見えるような気がした。

「それでは、いくらなんでもリスクが大きすぎます。とにかく、二、三日以内に数字をお出ししますよ。それをご覧いただければ、わたしのいわんとすることもおわかりいただけると思います。要するに、そういう経営方針では、半年以内に――」

「オールドラインは州最大の貸付機関になっているさ。お互いの意見が一致して、うれしいよ。そうと決まったら、新聞に広告を出そう」

「広告……」ボンベックはしばらくぼうっとしていたが、やがて書類をたたむとのろのろと立ち上がり、部屋を出ていった。

　ぼんくらめ。血の巡りが悪くて、近視眼的で、始末に負えんよ。ダニエルはひそかにそうつぶやき、葉巻の火を灰皿の中でもみ消した。この際思い切って、大学を出たてのフレッシュで意欲にあふれる若者を後任に据えよう。ボンベックには新しいポストを作ってやれば、文句はあるまい。十五年近くオールドラインのために尽くしてきた人間なんだから、それなりの敬意は表してやらないとな。

　ダニエルはそう決心し椅子から立ち上がると、机の背後にある窓辺にたたずみ、ボストンの街並みを眺めた。銀行経営というのは、手堅いように見えて案外ばくち的要素が大きい。その点、思い切りのいいダニエルにはもってこいの仕事だ。なにしろ彼は、損したらまたもうければいいいし、権力を失ったらまた盛り返せばいいという考えの持ち主なのだ。

けれどもそんな彼の強気も、ことアンナに関しては失ったら取り返しがつかないと思うようになっていた。

いつからそうなったか、ダニエルははっきりとわかっていた。そう、あのとき、アンナが彼の顔を両手で挟み、唇にキスしたときからだ。

あのとき、ダニエルが綿密に描いてきた人生の青写真はただの紙切れと化し、彼は野心満々のビジネスマンから、ひとりの女に魅せられた恋する男に転落した。そして今、答えの出ないひとつの疑問をかかえることになったのだ。

ダニエルは、自分が仕事に専念しているあいだ、家でじっと待っている妻を望んでいた。そして、自分の決めたことにはいっさい疑問を持たず、それをただちに実行に移す妻を。ところがアンナはそうではない。アンナの生活には、自分とはいつも切り離された部分があるのだ。なにしろ、もしアンナの念願がかなえば、この一年たらずのうちに彼女の姓の上にはドクターという称号がつくのだから。

アンナが医者になったら、いったい僕の家庭はだれが築くんだ？　ダニエルは髪の毛を手でせわしなくかきわけながら考えた。子どものめんどうはだれが見るんだ？　やはり、今のうちにアンナに見切りをつけて、家事や育児に専念するだけで満足していられる女を探したほうがいいかもしれないな。

僕はどうしても家庭が欲しいんだ。子どものときにかいだようなキッチンでパンを焼くにおいや、花瓶に生けた花の香りが。でも、アンナと結婚したら、それも保証のかぎりではないだろう。それでも、やっぱりアンナがいなければ、そんなにおいなんかなんの意味もないんだ。

いまいましい女だよ、まったく。舌打ちしながら腕時計を見ると、そろそろ彼女が仕事を終える時刻になっていた。彼自身は一時間後に別の会社の会議に出なければならない。他人のスケジュールに振り回されるなんて、ばかげてるぞ。そう自分にいい聞かせながらデスクに戻りボンベックの報告書を手に取ったが、ものの一行と読み終わらないうちにデスクにたたきつけ、オフィスをあとにした。

熱いお風呂にゆっくりつかってから静かに本でも読みたいわ。五時間ぶっ通しで働いたアンナは心地よい疲労を覚えながら、今夜の行動に思いをはせた。それとも、お風呂はさっとつかるだけにして、アパートの内装プランでも立てようかしら?

この二週間で、アンナは車と家具なしのアパートを手に入れた。だから、もし足が棒のようでなかったら、アンティークの店を二、三軒回ってみたいのだが、きょうのところはあきらめるしかない。それでもドアの向こうの駐車場で待っている白いコンバーティブルのことを思うと、心が浮き浮きした。車を持てたことは、歩いて帰らずにすむということだけでなく、自立をも意味したからだ。

バッグからキーを取り出し、手のひらの上で動かすと、世界の頂点に立っているような気がした。アンナは自分をうぬぼれの強い人間だと思ったことは一度もなかったが、父親に車の内装を褒められ、乗ってみてもいいかときかれたときには、うれしさで胸がはち切れそうだった。自分のお金で、自分の判断で物を買い、なんの批判も受けなかったことで、初めて一人前扱いされたような気がした。

そういえば、パパとママを乗せて一時間ばかりボストンの町をドライブしたときも、ふたりともわたしの後ろでおとなしくしていたっけ。きっと、あれこれ指図しなくてもだいじょうぶだと思ったからなのね。口には出さないけど、わたしをおとなとして認めてくれたんだわ。このぶんなら、わたしが学位を取ったら、医者になることを認めてくれるかもしれない。

そう思うと、アンナは急に浮かれた気分になり、キーを空中にほうり投げてまた手に取った。自分がまっすぐダニエルに向かって歩いていることには、ついぞ気づかずに。

「前方不注意だぞ」

「ええ、そうね」アンナはダニエルを見てますますうれしくなり、にこやかに答えた。

「今夜、食事につき合ってくれ」ダニエルは有無をいわさぬ口調でそういうと、何かいおうとしたアンナの肩をつかんだ。「いい争いはしたくない。もうそんなことにはあきあきしてるし、第一、今は時間がないんだ。とにかく今夜は食事につき合ってもらうぞ。七時に迎えに行くから、待っててくれ」

アンナはほんの数秒間で、自分のとるべき態度をあれこれと考えてみたが、結局、ダニエルの裏をかくことに決めた。「わかったわ、ダニエル」

「きみがなんといおうと……なんだって？」

「わかったっていったのよ」アンナは静かにほほ笑んだ。案の定、ダニエルはすっかり当惑している。

「あの……だったらいいんだ」ダニエルはしかめっ面をして両手をポケットに突っ込んだ。

「それじゃあ、あとで」そういうと、腑《ふ》に落ちないといった顔をしながら車に向かい、途中で後ろを振り返った。アンナはじっとたたずんで、陽光を浴びながら天使のようなほほ笑みを浮かべていた。「くそ」ダニエルは思わずそうつぶやき、車のドアをぐいと開けた。

ダニエルの車が走り出すと、アンナは体を揺すりながら笑い出し、そのまま笑いながら自分の車に向かった。ああ、おかしい。ダニエルがあんなにまごつくとは思わなかったわ。このぶんなら、彼といっしょに過ごしたほうが本を読むよりはるかにおもしろそうね。アンナは元気よくエンジンをスタートさせた。

ダニエルは自宅の庭で摘んだすみれの花をアンナがガラスの花瓶に生けているあいだ、アンナの両親と談笑していたが、うわべのゆったりとした態度とはうらはらに、内心では初めてデートをする少年のように神経をぴりぴりさせていた。

「近いうちに、我が家のディナーパーティーにもぜひいらしてくださいな」ホワイトフィールド夫人はにこやかな笑顔を見せながら、ダニエルにいった。

娘が医者になりたいといい出してからというもの、なんとかよい縁談を見つけて、一日も早く娘を嫁がせることに腐心していた彼女だが、ようやくここへきて、娘にも花婿候補としてふさわしいボーイフレンドができて、ほっとひと安心だった。

「あなたとジョンは仕事上のお仲間ですけど、ここではお仕事の話はなしにしましょうね。もちろんわたしはビジネスのことはまるでわかりませんし」夫人はそういうと、ダニエルの手をそっとたたいた。「たとえ、わたしがしつこくきいたとしても、ジョンはひと言も話してくれないと思いますわ」

「というより、現にしつこくきいてるんですよ」ホワイトフィールドが口を挟んだ。

「まあ、ジョンたら」夫人は明るい笑い声をあげながら、じろりと夫をにらんだ。手遅れにならないうちに、ダニエルに関する情報をできるだけたくさん集めたいので、夫にじゃまされては困るのだ。「当たり前でしょう？　だれだって、マクレガーさんのお仕事には興味を持ってるんですもの。ところで、パット・ドナヒューの話では、ハイアニスポートに土地をお買いになったそうですけど、まさかボストンを出ていかれるんじゃないでしょうね？」

ダニエルは詮索《せんさく》するような夫人の目つきに辟易《へきえき》し、ことば少なに答えた。「ボストンが好きですから」

冷や汗をかかせるのはこれくらいでいいわ。アンナは、母の前で大きな体を小さくしているダニエルに気づき、彼にショールを差し出した。ダニエルは渡りに船といわんばかりにすばやく立ち上がり、アンナの肩にショールをかけた。

ダニエルは家の外へ一歩踏み出したとたん、ほっとため息をついた。「きみの家って、とても――」

「ごちゃごちゃしてるっていいたいんでしょ？」アンナは楽しそうに笑い、ダニエルと腕を組んだ。「母は自分の目にとまった物を片っ端から部屋に飾る癖があるのよ。父がよく我慢してると思うわ」ブルーのコンバーティブルを見ると、うれしそうに目を輝かせ、スカートを手繰り寄せながらするりと車に乗った。「どこで食事をするの？」

ダニエルも車に乗り、エンジンをかけた。「家でするんだ、僕の家で」

「あ、そう」アンナは一瞬どきっとしたが、すぐに平静を取り戻しあっさりうなずいた。ダニエルが相手なら、ふらちなことをされそうになっても、うまくさばけるような気がした。

「レストランにはあきあきしてるんだ。というより人の大勢いる場所にあきあきしてるんだよ」ダニエルは堅い口調でいった。

アンナは、ダニエルが柄にもなく神経質になっていることに気づき、とたんに楽しくなった。ふたりきりで食事をするくらいでこんなに神経をぴりぴりさせるなんて、案外かわいいのね。だがアンナは、そんなことはおくびにも出さず、冷ややかな口調でいった。

「へえ？　わたしはまた、取り巻きが大勢いるほうが好きなんだろうと思ってたわ」

「食事しているところを大勢の人間にじろじろ見られたくないんだ」

「世の中には、びっくりするほど不作法な人がいるんですものね」

「それに、ふたりの会話をボストン中の人間に聞いてもらう必要もないし」

「もちろんよ」

「もしふたりきりになるのが心配なら、家には使用人がいるから」ダニエルは車を私道に入れた。

「だれも、そんなこと心配してないわ」

ダニエルはそのことばをどう受け取っていいかわからず、いぶかしげに目を細めた。なんとなくアンナにもてあそばれているような気がするのだが、その目的がなんなのか、かいもく見当がつかないのだ。「急に自信たっぷりになったんだね、アンナ」

「ダニエル」アンナは自分で車のドアを開けると、外へ出た。「自信なら、いつだってあるわ」

ダニエルの家は、アンナの肩くらいの高さの生け垣で道路と隔てられていた。壁でなく生け垣に囲まれているせいか、内部の建物が温かく人間的な感じがする。薄明かりの漏れる高い窓を見上げると、横の庭園からさまざまな花の香りが漂ってきた。

スイートピーだわ。大好きな花の香りをかぎ分けたアンナは思わずほほ笑み、あとから来るダニエルを待った。

「どうしてこの家を選んだの？」

ダニエルは、ほどよく色あせた煉瓦《れんが》の側壁や、新しく塗り替えられたシャッターのついた窓を見上げた。しょせんは他人が建てた家だから、多少ちぐはぐなところがあっても目をつぶるしかない。そう思いながら夜の空気を深く吸い込むと、スイートピーならぬアンナの香りがした。

「大きいからさ」

アンナはそれを聞いてほほ笑み、後ろを振り返って、前庭の楓《かえで》の枝にとまっている雀《すずめ》を見つめた。「わかるわ。わたしの家の応接間にいたとき、あなた、とても窮屈そうにしてたから。やっぱり、この家のほうがあなたにお似合いね」

「今のところはね。ところで、家の窓から日没が見えるんだよ」家の窓を指さし、アンナの腕を取ると、玄関に向かって歩き出した。「もっとも、あと何年もすれば、それも見られなくなるだろうけど」

「どうして？」

「世の中の進歩のせいさ。近いうちに、あちこちに高層ビルが建てられ、空が遮断されてしまうんだ。かくいう僕自身も、来月に入ったらひとつ基礎工事に取りかかるんだけどね」ダニエルはそういいながらドアを開け、アンナを玄関ホールに招じ入れた。

まず最初にアンナの目を引いたのは、左手の壁に斜めに交差して飾られている剣だった。優雅な貴族が決闘で使うような、繊細でやわな剣ではない。なんの装飾もない柄《つか》と、使い古され鈍くなった刃のついた、分厚くて重い広刃の剣だ。

「この剣は、先祖代々伝わる我が家の家宝なんだ」ダニエルは誇らしげにいった。「マクレガー一族は戦士だった、いつの世でも」

だから、自分もわたしを獲得するために闘うっていいたいのかしら？　もしかしたら、そうかもしれないわ。アンナはさらに剣に近づいた。よく見ると、鈍ったと見えた刃先は依然として鋭く危険だ。「わたしたちのほとんどが戦士じゃないかしら？」剣をじっと見つめながらいった。

ダニエルはアンナの返事に驚いたが、すぐに、彼女が武器や流血を見たくらいで気絶するような女ではないことを思い出し、先を続けることにした。

「イギリス国王は、我々の家名と土地を奪ったが、プライドまでは奪えなかった。キャンベル一族の首長たちは――」ダニエルは青く澄んだ目を輝かせながらにやりと笑い、アンナの腕を取った。「我々をスコットランドから一掃したと思ったろうが、そんなことができるわけはないのさ」

　この人がスコットランドの民族衣装のキルトやプレードの肩かけや短剣を身に着けたら、きっと似合うでしょうね。アンナはそんなことを思いながら、視線を剣に戻した。「ええ、そんなことできるわけないわ。あなたが誇りに思うのは当然よ」

「アンナ」ダニエルがアンナの頬に手をそっと当ててささやいたとたん、男の声がした。

「マクレガーさま」

「なんだ？」ダニエルが恐ろしい目つきをしてくるりと振り向くと、執事のマクビーが石のようにこちこちになって立っていた。

「ニューヨークのリーボビッツさまからお電話が入っております。重要なご用件とかで」

「ホワイトフィールドさんを応接間にご案内してくれ。アンナ、悪いけど急ぎの用事ができたんだ。なるべく早くすませるよ」

「いいのよ」少しのあいだひとりになれると思い、アンナは内心ほっとしながら、廊下を歩いていくダニエルの後ろ姿を見送った。

「こちらへどうぞ」

　アンナは執事の強いスコットランドなまりに気づいて、ほほ笑んだ。ダニエルはどこまでも故郷にこだわる人なのだと思いながら、最後にもう一度剣を見てからマクビーに従って応接間に入った。なんなの、この広さは？　これに比べたら、我が家の応接間なんてクローゼットみたいなものじゃない。アンナはその部屋の広さに圧倒され、唖然《あぜん》とした。

「何かお飲み物を召し上がりますか、ホワイトフィールドさま?」

「え?」アンナはぼんやりと執事の方に振り向いた。

「お飲み物を召し上がりますか?」

「あ、いえ、けっこうよ。ありがとう」

マクビーは丁重に会釈をした。「何かご入り用の物がございましたら、ベルをお鳴らしください」

「ありがとう」アンナは一刻も早くマクビーから解放されたくて、ありがとうを繰り返した。

マクビーが出ていき、やっとひとりになれたアンナは、体をゆっくり回しながら室内を見回した。部屋は並はずれて広く、彼女の見たところ、仕切りの壁を取り払って二部屋を一部屋にしたようだ。

この並はずれた広さの部屋に置かれているのが、これまた並はずれた家具だ。縁に精巧な彫刻を施した、直径が車輪の二倍ほどもあるテーブル。豪華な赤いベルベットを張った背の高い椅子。これだったら、宮廷にしてもおかしくない。アンナは苦笑すると、椅子に座ろうともせず、ぶらぶらと歩き出した。

室内の色彩はやたら派手で大胆だったが、なぜかアンナには心地よかった。もしかしたら、母の好きなパステルカラーに長いことつき合わされ、あきあきしていたせいかもしれない。ソファーなどはほぼ壁一面を占領し、屈強な男たちが四人がかりで持ち上げなければ動かないといった感じだ。だからこそダニエルはこれを選んだのだ。アンナは勝手にそう決めつけ声をあげて笑った。

西側の窓辺にクリスタルのコレクションが置かれている。折しも七十センチほどの高さの花瓶が、沈み始めた夕日を浴びてきらきら輝いている。アンナは大物揃《ぞろ》いのコレクションの中では珍しく小さい鉢に目をつけ、手のひらに載せた。

ダニエルはそんなアンナにうっとり見とれていた。夕日を浴びながら笑顔でクリスタルを見つめているその姿は、まるで名画の中の貴婦人のようだ。ダニエルは急に喉の渇きを覚え、アンナに声をかけることすらできなかった。

人の気配を感じたアンナはくるりと振り向いた。「すばらしいお部屋ね。冬になって暖炉をたいたら、どんなに壮観かしら？」興奮して頬を紅潮させながらいったが、黙っているダニエルを見ると瞳を曇らせた。「電話のせいね。悪い知らせだったの？」

「え？」

「電話していたんでしょ？　何かまずいことでもあったの？」

ダニエルはそういわれてやっと電話のことを思い出した。「いいや。二日ほどニューヨークへ行って二、三ごたごたを解決すればいいだけだよ。ところで、きみにプレゼントがあるんだ」

「夕食だといいんだけど」アンナはまたにこやかな表情に戻った。

「もちろん、夕食もあるけどね」ダニエルは柄にもなくおずおずとポケットから小箱を取り出し、アンナに手渡した。

ひょっとして、これは指輪？ アンナは一瞬どきっとしたが、ボール紙の質素で古びた箱にそんな物が入っているわけはないと思い直し、ふたを開けた。だが、箱の中には彼女の親指ほどの長さでその二倍の幅を持つ美しいカメオが、ティッシュペーパーに包まれて入っていた。

「きみにそっくりだ」ダニエルはつぶやいた。「前にもいったけど」

「おばあさまのね」アンナは感動したようにいうと、指先でカメオの輪郭をなぞり、じっと見入った。「きれいね。ほんとにきれいだわ」そういって、箱のふたを閉める。「でも、受け取るわけにはいかないわ。わかるでしょ、ダニエル？」

「いいや、わからないね」ダニエルはアンナの手から箱を取り、もう一度ふたを開けると、ベルベットのリボンをつけたカメオを取り出した。「きみの首につけてあげるよ」

アンナは、もうなじを触られたような気分になり、ぞくりとした。「あなたからプレゼントをもらうわけにはいかないわ」

ダニエルは皮肉っぽく肩を上げた。「ゴシップが怖いからなんていわせないよ、アンナ。

もし人のうわさが気になるようなら、最初からコネチカットの大学なんか行かなかったろうからね」

ダニエルのいいぶんはもっともだったが、アンナも譲らなかった。「それは先祖伝来の宝物でしょ？　みだりに他人に与えるべきじゃないわ」

「これは僕個人の宝物さ。それに、箱の中にしまっておくのもあきたし。祖母だって、だれか値打ちをわかってくれる人に身に着けてもらったほうがうれしいんだよ」ダニエルはすばやくアンナの首にリボンを結んだ。「さあ、これで収まるべき所に収まったぞ」

アンナはそれ以上断りきれなくなり、カメオに手を触れた。「ありがとう。あなたのために預かっておくわ。もし返してほしくなったら――」

「ぶち壊すようなことをいわないでくれ」ダニエルはアンナのことばをさえぎり、顎を手でつかんだ。「ずっと前からきみにあげようと思っていたんだ」

アンナはほほ笑んだ。「その調子で、いつでも自分の望みどおりにするの？」

「そのとおりさ」ダニエルは得意そうに答え、アンナの頬を親指でなで、すぐに手を下ろした。「何か飲むかい？　シェリー酒があるよ」

「あまり飲みたくないわ」

「でも、飲むだろ？」

「シェリー酒をいただくわ。ほかに何かあるの？」

「極上のスコッチもあるよ。エジンバラの友達から送ってもらった密輸品だけど」

アンナは鼻にしわを寄せた。「スコッチって、石けんみたいな味がするのよね」

「石けんだって？」ダニエルは大げさに驚いてみせた。

「別にあなたを責めてるわけじゃないから、悪く思わないでね」アンナは笑いながらいった。

「とにかく試しに飲んでごらん」ダニエルはアンナをバーに連れていき、スコッチを注《つ》いだ。「石けんか。これはボストンの傲慢《ごうまん》な連中がパーティーでがぶ飲みするような代物とはわけが違うんだよ」

たかがスコッチぐらいで、こんなにむきになるなんてかわいいわね。アンナはカメオに触れながらそう思った。渡されたグラスの中味を見ると、ひどく黒っぽくて、ストレートで飲んだらすぐに酔っ払ってしまいそうだ。

「氷は？」

「ばかいっちゃいけないよ」ダニエルは急いで自分のグラスを満たしながら、アンナを挑発した。

アンナは深く息を吸うと、少しだけ飲んでみた。おいしい。強いけど、温かくて口当たりがとてもいい。彼女はちょっぴり顔をしかめながら、もうひと口飲んだ。「前言取消しよ」そういってから、彼にグラスを返す。「でも、これを全部飲んだら立っていられなくなりそう」

「それじゃ、きみの腹の足しになる物を手に入れるとするか」

アンナは首を振りながら手を差し出した。「つまり、そろそろ夕食の時間だって意味かしら？　だったらうれしいけど」

ダニエルはアンナの手を握りしめた。「僕は口が悪いんだよ、アンナ。いわゆる洗練された人間じゃないし、そうなる気もないからね」

なるほど、長く伸ばした髪の毛や戦士をほうふつさせる髭面《ひげづら》は洗練とはほど遠い。アンナはダニエルの顔を見ながら、妙な納得のしかたをした。「ええ、そうなるべきじゃないと思うわ」

本人が洗練されていない割には、室内装飾は洗練されている。ダイニングルームの壁に飾られた盾と矢。その下に置かれた十八世紀の家具職人チッペンデールの手になる飾り戸棚。中世の城にぴったり合いそうな、重厚な造りのテーブルや椅子。そのどれもがアンナの日常には見られない物だったが、彼女は不思議とくつろいだ気分になれた。

窓から斜めに差し込んでいた夕日が薄れ辺りが薄暗くなると、マクビーが現れ、おびただしい数のキャンドルに火をともして回った。

「今夜の食事の話を聞いたら、母はきっとあなたのコックさんを盗みに来るわ」アンナはそういうと、チョコレートタルトをひと口食べ、いかにもおいしそうな顔をした。

ダニエルはそんなアンナを見て、とてもうれしくなった。「僕がレストランへ行きたがらない理由がわかっただろう?」

「もちろんよ」アンナはタルトをもうひと口食べた。「アパートに引っ越したら、きっと家庭料理が恋しくなるでしょうね」

「きみは料理をしないのかい?」

「料理なんてしたことないわ」アンナはダニエルの顔をじっと見つめながら、またタルトを食べた。「あなたの眉って、顔をしかめるとまっすぐにつながってしまうのね、ダニエル。でも、心配しないで。いずれお料理も覚えるようにするから。生き延びるためにね」そういってから頬杖《ほおづえ》を突いた。「あなたもお料理はしないんでしょ?」

ダニエルは大声で笑ってから、ふとアンナのいわんとすることに気づき、真顔に戻った。

「ああ」

「それでも、女のわたしがお料理をしないのはおかしいと思ってるんでしょ?」

ダニエルは形勢不利だと知りながら、アンナの巧みな論法に感心した。「きみは男を追いつめる癖があるんだな、アンナ」

「追いつめられたあなたが、どう危機を切り抜けるか、それを見るのが楽しみなのよ。こんなことをいったら、あなたがうぬぼれる恐れがあるんだけど、あなたに興味があるの」

「それしきのことをいわれたくらいで、うぬぼれるような僕じゃないよ。ところで、どの程度僕に興味があるんだい？」

アンナはほほ笑みながら立ち上がった。「いつか、別の機会に教えるわ。もしそういう機会があれば」

ダニエルはアンナの手を取り、立ち上がった。「もちろんあるさ」

「ありそうね。ところで、きょうのヒッグス夫人ときたら、あなたのことばかり話してたわ」アンナはダニエルといっしょに応接間に向かった。

「かわいい人だ」

「あなたがまた来るものとばかり思ってるのよ」

「僕がまた来るっていったんだよ」ダニエルは問いかけるようなアンナのまなざしに気づき、立ち止まった。「約束は守るさ」

「ぜひそうしてあげてね、ダニエル。夫人には身寄りがないのよ」

ダニエルは急に照れ臭くなって、しかめっ面をした。「僕を買い被《かぶ》らないでくれよ、アンナ。そりゃ、僕だって賭《かけ》には勝ちたいけど、おためごかしをしてまで勝ちたいとは思ってないからね」

「あなたを買い被るつもりはないわ。それに、賭に負けるつもりもね」

応接間には数十本のキャンドルがともされ、室内に柔らかい光を投げかけていた。窓からは、それと競うかのような月の光がこぼれている。アンナは目の前の美しい光景に心を奪われ、一瞬戸口で立ち止まったが、静かに流れているブルースの旋律を耳にしたとたん、吸い込まれるように部屋に入った。

「きれいね」アンナはソファーのそばにセットされた銀のコーヒーポットを指さした。何かが起こるのではないかという予感に胸がときめいていた。

「キャンドルの明かりで見ると、きみはいちだんときれいだね」ダニエルはブランデーを注ぎ、グラスをアンナに手渡した。「こうしていると、きみと初めて会った夜を思い出すよ。あのとき、きみは庭のそばのテラスに立っていた。月の光を顔に浴びながら」そういうと、彼女の手を取った。「僕はそんなきみを見た瞬間、絶対に自分のものにしようと思ったね。それ以来、寝ても覚めても、考えるのはきみのことばかりだよ」

アンナは突然ダニエルの腕に飛び込み、熱いキスをしたい衝動に駆られたが、そうしたが最後、自分の将来はないように思え、かろうじて自分を抑えた。「あなたのような立場の人なら、衝動で物事を決めるのがどれほど危険か、よくわかってるはずよ」

「いいや」ダニエルはアンナの手を持ち上げ、一本一本の指にキスし始めた。

アンナは息が止まりそうになりながらも、努めて冷静な口調でいった。「ダニエル、わたしを誘惑するつもり?」

まったく、いつになったらこのクールであけすけな物のいい方に慣れるんだろう? ダニエルは苦笑しながらブランデーを飲んだ。「自分が結婚するつもりでいる女を誘惑する男なんていないさ」

「いいえ、いるわよ」アンナは自分の返事を聞いてブランデーにむせているダニエルの背中を軽くたたいた。「結婚するしないは別として、男は女を誘惑するものよ。もっとも、わたしにはあなたと結婚するつもりもないけど」くるりと彼に背を向けコーヒーテーブルに近づくと、肩越しに彼を見た。「それに、誘惑されるつもりもね。コーヒーをいただけるかしら？」

ダニエルはこのとき、自分がアンナを愛しているどころか、崇拝すらしていることに気づいた。まだ確信の持てないことはたくさんあったが、彼女なしでは生きられないと、はっきり実感したのだ。

「いいとも」ダニエルはアンナに近づき、カップを手に取ると思い切っていった。「でも、僕を欲しくないなんていわせないよ、アンナ」

アンナは突然体がうずくのを感じたが、気力を奮い立たせ、ダニエルの目をまっすぐに見つめながらきっぱりといった。「ええ、いえないわ。でも、だからといって、事態は何も変わらないのよ」

ダニエルはコーヒーを味わおうともせず、カップをがちゃりとテーブルに置いた。「変わらないだと。今夜ここへ来たくせに！」

「食事をしに来たのよ。それと、妙なことにあなたといっしょにいるのが楽しいから。受け入れるべきこともあるでしょうけど、あえて踏みきれないことだってあるのよ」

「僕にはないね」ダニエルはアンナのうなじをそっとなで、抵抗しようとする彼女を抱き寄せた。「やろうと思えば……」そういうと、彼女の唇に強引にキスした。実をいえば、こうなるとたんにアンナは抵抗をやめ、ダニエルの背中に両手を回した。ふたりがいっしょにいればいつかことは家を出るときからあらかじめ予測していたのだ。ふたりがいっしょにいればいつかは情熱に火がつき、お互いに燃え尽きるまで愛し合わなければ気がすまなくなるときが来ると。

　ダニエルはアンナをソファーに横たえ、彼女の名まえを何度もささやいて顔中に唇をはわせた。アンナは、むせかえるようなブランデーの香りや燃える蝋《ろう》のにおい、それに低く流れるブルースのメロディーに包まれ、しだいに興奮に酔っていった。

　ああ、このままでは気が狂いそうだ。彼女の体に触りたい。ダニエルはそう思いながら大きな手でアンナの体を愛撫《あいぶ》した。アンナが体を小刻みに震わせてダニエルの名をつぶやくと、彼は矢も盾もたまらなくなって彼女のドレスの前ボタンをはずし、シルクとレースの下着を剥《は》いだ。

　上半身をダニエルの目にさらしたアンナは、一瞬大きく身震いすると、さらにその先を求めるように身をのけぞらせた。ダニエルは予想だにしなかったアンナの態度にうれしい驚きを覚えながら、かぎりなく優しく彼女を愛撫した。

アンナは逆らうこともできずに、ダニエルの愛撫に身をゆだねた。今のアンナを支配しているのは、理性でも将来への野心でもなく、欲望だけだった。ダニエルの目にはそんなアンナが今にもすべてを与えてくれるように見えたが、やがてアンナはダニエルにかじりつき、喉もとに顔を埋《うず》めると、じっと動かなくなった。

「アンナ?」ダニエルは愛撫を続けながら、かすれ声でいった。

「こうなることを望んでいなかったといったら嘘《うそ》になるけど、確かに望んでいるのかどうか、はっきりしないの」アンナはおびえたようにいうと、身震いして彼から離れた。「でも、こんなにいい気持ちになったのは生まれて初めてだわ。だから、よく考えてみないと」

「それなら、僕がきみのぶんまで考えてやるさ」ダニエルは欲望に目をぎらつかせながらいった。

アンナは、再びキスしようとするダニエルの顔を持ち上げた。「そういわれるんじゃないかと思ってたわ」そういうとさっと起き上がり、生まれて初めて柔肌を男性の目にさらしたというのにいっこうに恥じるようすもなく、しっかりとした手つきでドレスのボタンをかけ始めた。「わたしたちの関係をどうするかは、わたしの一生にとって大事な選択なのよ。だから、自分自身で決めたいわ」

ダニエルは彼女の両腕をつかんだ。「もう結論は出てるじゃないか」

アンナはダニエルのことばを半ば正しいと思いながらも、認めるのが怖かった。「あなたには自分の望みがわかってるでしょうけど、わたしはそうじゃないのよ。自分の気持ちに確信が持てるまでは、あなたに何も約束できないわ」そこまでいうと、さっきまでしっかりしていた手が急に震え出した。「もしかしたら、永久に」

「僕のいいぶんの正しさは、僕に抱かれた瞬間にわかったはずだ。僕に触られても、何も感じなかったっていうのか？」

「いいえ、そんなことないわ」アンナはダニエルが興奮するにつれて、だんだん冷静になっていった。「だからこそ、時間が欲しいのよ。どんな決断を下すにせよ、さえた頭で決断したいんですもの」

「さえた頭だと」ダニエルは腹立たしげにいうとやにわに立ち上がり、部屋の中を歩き回った。「僕の頭なんか、きみに出会って以来、一度もさえたことがないんだぞ」

アンナも立ち上がった。「だったら、あなたが望もうと望むまいと、あなたにも時間が必要だわ」

ダニエルはアンナの飲み残しのブランデーを手に取り、ぐいとあおった。「僕には時間なんて必要ないさ」そういうと、恐ろしい形相でアンナをにらみつけた。「僕は三日間ニューヨークに行ってくる。その三日間がきみに与えられた時間だ。こっちへ戻ってきたら、さっそくきみの家に乗り込んで結論を聞かせてもらうからな」

アンナはつんと顎を上げ、冷ややかにいった。「そんなに都合よく結論が出るもんじゃないのよ、ダニエル」

「三日間だ」ダニエルは同じことばを繰り返すと、ブランデーグラスをぽきっとふたつに割り、テーブルに置いた。「家まで送るよ」

6

三日が過ぎ、一週間がたつと、アンナはほっとすべきか憤慨すべきかわからなくなった。ダニエルは三日という期限を勝手に設けておきながら、結論を聞きに顔を見せようともしないのだ。もっとも、実のところ結論はまだ出ていなかったのだが。

これまでのアンナは、問題に取り組んだら必ず答えを出していた。あらゆる段階を考え抜き、それらに優先順位をつけてきたのだ。けれども、ことダニエルとのつき合いに関するかぎり、そう割り切って考えられない面が多すぎた。

ダニエルは粗野でうぬぼれが強い反面、愉快な一面も持ち合わせている。傲慢《ごうまん》で鼻持ちならないときがあるかと思うと、ひどく優しいときもある。粗削りな面はどうやら一生直りそうにない。頭の回転は驚くほど速い。すべてが計算ずく。独りよがり。横柄。でも気前はいい……。

アンナはこんなふうにダニエルのさまざまな側面を列挙してみたが、結局彼がどんな人間だかよくわからなかった。となると、ダニエルに対する自分の気持ちを分析する手立ては欲望しかなかったが、彼に欲望を感じていることは確かでも、愛しているかどうかは、はっきりしなかった。

それでも、ダニエルのいないあいだ、ひとつだけ確信の持てることがあった。それはダニエルがいないと寂しいということで、その証拠に、彼のこと以外はほとんど考えられなかった。

だからといって、ダニエルと結婚したらわたしの夢はどうなるの？　彼と結婚して、彼の子どもを産んで、人生を彼に捧《ささ》げるのもいいわ。でも、そのためには、仕事を犠牲にしなければいけないのよ。仕事を捨てたら、人生の半分しか生きないことになるわ。だけど、彼を拒んで仕事だけに生きるとしたら、それもまた人生を半分しか生きないことになるんじゃないかしら？

そんな堂々巡りを繰り返したあげくに、結局、アンナは結論を出せずじまいでいた。結論を出したら、自分の人生が決まってしまうような気がして怖いのだ。そこで、あれこれ考えずにすむように、昼間は病院の仕事にせっせと励み、夜は友だちと観劇やパーティーに出かけていった。

病院では、まずヒッグス夫人に会いに行き、できるだけ彼女といっしょに過ごすことにしていた。日に日に弱っていく夫人の容体が気がかりで、そうしなければほかの仕事が手につかないのだ。

ダニエルと最後に会ってから一週間後、ともすれば曇りがちになる顔に、むりやりほほ笑みを浮かべながら、夫人の部屋のドアを開けた。夫人は、ブラインドを下ろした薄暗い病室でテーブルの上のしおれた花を物憂げに見つめていたが、アンナを見るなりぱっと目を輝かせた。

「来てくれたのね。うれしいわ。今ちょうどあなたのことを考えていたところなのよ」

「もちろん来ましたよ」アンナはそういいながら雑誌を下に置いた。見たところ、きょうのヒッグス夫人は写真を楽しめる状態ではなさそうだ。「来なかったら、ゆうべのパーティーの出来事をあなたにお話しできないでしょ?」アンナはシーツを整えるふりをして検査表を見た。それによると、夫人の容体はこの五日間悪化の一途をたどっている。けれどもアンナはそんなことはおくびにも出さずに、ほほ笑みながらベッドの端に腰を下ろした。「お友だちのマイラのことはご存じですよね? 彼女ったら、ゆうべは胸のラインが常識より五、六センチも下がったストラップレスの黒いドレスを着て現れたんですよ。年配のご夫人の中には気絶された方もいるんじゃないかしら」

「で、殿方は?」

「さあ。マイラがダンスの相手に事欠かなかったことは確かですわ」

ヒッグス夫人は大声で笑ってから、突然苦痛に顔をゆがめた。

アンナは急いで立ち上がった。「静かに横になっててください。今すぐ先生を呼んできますから」

「いいえ」夫人はやせほそった手に驚くほどの力を込めて、アンナの手首をつかんだ。「いいのよ。またもう一本注射を打たれるのが関の山だから」

アンナは、かぼそい手をさすりながら夫人の脈を取った。「単なる痛み止めですよ、ヒッグスさん。痛みをこらえることはありませんわ」

「何も感じないよりは、痛みを感じていたほうがまだましよ。それに、もうだいじょうぶ」夫人は作り笑いをした。「お薬をもらうより、あなたと話していたほうがよっぽどいいわ。ところで、ダニエルはまだ帰ってこないの？」

アンナはなおも夫人の脈を取りながら、ベッドに腰を下ろした。「ええ」

「親切なことに、ダニエルはニューヨークへたつ前にここへ寄ってくれたのよ。空港へ行く途中で寄ってくれるなんて想像できて？」

アンナはますますダニエルという人間がわからなくなり、あやふやな口調で答えた。「彼はあなたのお見舞いに来るのが好きなんですよ。自分でそういってましたもの」

「ニューヨークから戻ったら、また来てくれるっていったのよ」夫人は、看護婦に捨てろといわれたのを無視して飾ってある一週間前の薔薇《ばら》に目をやった。「若い人にとって、恋をするって特別な意味があるのね」

恋といわれて、アンナの胸はちくりと痛んだ。ダニエルに選ばれ望まれはしたものの、恋されているという実感などまるでないのだ。そのことでマイラに相談しようにも、最近の彼女はなぜか忙しそうだし、ましてや慰めに訪れたヒッグス夫人に胸の内を吐き出すわけにもいかない。アンナは夫人の手を軽くたたきながらいった。「あなたも若いころには何十回と恋をしたんでしょ?」

「最低それくらいはね。恋に落ちるって、ジェットコースターに乗るのと同じだわ。上がったり下がったりでスリル満点。恋をしてる状態は回転木馬ね。音楽に合わせてくるくる回るの。でも、恋をし続けることは……」夫人は遠くを見るような目つきをし、ため息をついた。「迷路よ、アンナ。曲がり角もあれば、袋小路もあるわ。でも、信じ続け歩き続けなければいけないの。わたしは夫とほんの短期間しか暮らさなかったし、二度と迷路に挑戦しようとしなかったけど」

「ご主人て、どんな方だったんですか?」

「とても野心的な人だったわ。父親の経営する食料品店を拡張したがっていたの。頭の切れるあの人のことだから、生きていれば今ごろは……。でも、それはかなわなかったわ。アンナ、この世には最初から運命づけられていることがあるのよね?」

アンナは、自分が医師になることをすぐさま頭に思い浮かべた。「ええ、ありますわ」

「つまり、夫のトーマスは若くして死ぬように運命づけられていたのよ。でも、彼は短いながら充実した人生を送ったわ。わたしは、彼のことを思い出すたびに、改めて彼を尊敬してしまうの。ダニエルを見ていると、夫を思い出すわ」

「どんな点で？」

「積極性よ。顔を見ればわかるでしょうけど。ふたりとも、世間をあっといわせるようなことをしでかしそうな顔をしてるわ」夫人はまた苦痛をこらえながらほほ笑んだ。「それをやり遂げるためには手段を選ばない無慈悲な一面を持ってるけど、優しさも持ち合わせているのよ。トーマスだったら、お金を持っていない子にキャンデーをひとつかみやってしまうような優しさ。ダニエルだったら、知りもしない老女に会いに来るような優しさをね。ところで、わたし、遺言を書き換えたのよ」

アンナは、はっとして背すじを伸ばした。「ヒッグスさん……」

「まあ、そんなに気をもまないでちょうだい」夫人は疲れた体に力を取り戻そうとするかのように、一瞬目を閉じた。「あなたにご迷惑のかかる話ではないから。実はね、トーマスが残してくれた蓄えを株に投資してきたのよ。おかげで今まで快適な暮らしを続けてこられたけど、心残りなのは遺産を残すべき子どもも孫もいないっていうこと。そこで、なんとか遺産を役立てたい、自分のことをだれかに記憶しておいてもらいたい、そう思って、ダニエルに相談したの」

「ダニエルにですって？」アンナは当惑をあらわにし、身を乗り出した。

「彼って頭の回転が速いわね。トーマスとそっくりよ。わたしの希望を聞いたら、即座にそれを実行に移す方法を教えてくれたわ。そこで、わたしは顧問弁護士に奨学金を出す財団を設立させたの。ダニエルには遺言執行人になってもらって、こまかい事務処理をお願いすることにしたわ」

「どんな奨学金なんですか?」

「医学を志す若い女性のための奨学金よ」夫人はアンナの驚く顔をうれしそうに見つめながらいった。「それならあなたにも気に入ってもらえるでしょ? まずわたしにできることは何かってあれこれ考えてから、あなたのことやわたしに親切にしてくれた看護婦さんたちのことを考えたのよ」

「すばらしいことですわ、ヒッグスさん」

「話し相手もなく、独り寂しく死ぬところだったのに、わたしって運がいいんだわ」夫人は力なくアンナの手を握った。「アンナ、自分ひとりで生きていくなんて突っ張って、わたしと同じ過ちを繰り返さないようにしてね。愛されたら、素直に受け入れなさい。迷路を恐れてはいけないわ」

「ええ」アンナはつぶやいた。「恐れませんわ」

ヒッグス夫人は急に安らかな表情を見せると、ブラインドから漏れるひと筋の光をじっと見つめた。「アンナ、わたしがもう一度人生をやり直すとしたら、何をすると思う?」

「何をなさるつもりですか?」

「何をするつもりもないわ。だって、わたしは自分の人生をまっとうしたんですもの」夫人はかろうじてほほ笑んだ。「つまらない人生だったなんて考えるのはおこがましいわ。トーマスにぜいたくだって叱《しか》られてしまいそうよ」そこまでいうと、ぐったりして目を閉じた。「しばらくのあいだ、わたしといっしょにいてちょうだいね」

「もちろんですわ」

アンナは、薄暗い病室で夫人のかぼそい手を握りしめながら、弱々しい息づかいを聞いていた。やがてそれも絶えると、強い憤りを抑えながら静かに立ち上がり、夫人の額にキスした。「あなたのことは決して忘れませんわ」

静かに悲しみをこらえながら廊下を歩き、ケラーマンのいる部屋へと向かった。一度に五人の入院患者を迎えたこの看護婦は、アンナをちらっと見ただけで、また下を向いた。

「ホワイトフィールドさん、今ちょっとばかり取り込み中なのよ」

アンナは背すじをぴんと伸ばし、低く抑えた声でいった。「ヒッグス夫人の部屋に先生を寄こしてください」

ケラーマンは、はっとしたような顔をして即座に立ち上がった。「また痛みが始まったの？」

「いいえ」アンナは両手を組んだ。「もう痛むことはありません」

ケラーマンは了解したしるしにちらっと視線を動かした。「ありがとう、ホワイトフィールドさん。ベイツさん、リーダーマン先生をすぐに呼んでちょうだい。五二一号室よ」

部下の看護婦に指示し、返事も待たずに廊下へ出た。

アンナはケラーマンのあとからついていき、戸口で立ち止まったが、しばらくすると、ケラーマンが後ろを振り向いていった。「ホワイトフィールドさん、もうここにいる必要はありませんよ」

アンナは両手を握りしめたまま、意を決していった。「でも、ヒッグス夫人には身寄りがひとりもいないんです」

ケラーマンは同情するように死者を見ると、敬意を込めてアンナを見つめた。「部屋の外で待っててください。先生にあなたがお話ししたがってると伝えますから」

「ありがとう」アンナは廊下を歩き、L字形の小さな待合室に行くと、椅子に腰を下ろした。初めのうちは胃がきりきり痛んだが、やがてそれも収まり、少しずつ気持ちが落ち着いた。

人の死に立会うのはきょうが初めてだが、これが最後ではないのだ。これから先も、来る日も来る日も死と直面しなければならない。だったら、たった今この瞬間から、死に出会ってもたじろがない勇気を持たなければ。

そう自分にいい聞かせ深く息を吸い込むと、そっと目を閉じた。再び目を開けると、こちらに向かって歩いてくるダニエルが見えた。

アンナは一瞬ぽかんとしたが、すぐに彼が薔薇を持っていることに気づいた。ヒッグス夫人のために持ってきたのだ。そう思うとたちまち涙で目が潤んだが、しっかりした足取りで立ち上がった。

「やっぱりここだ」ダニエルは、歩きぶりといい顔といい声といい、相変わらず自信に満ちていた。アンナは、ほんの一瞬ではあったが、そんな彼の胸に飛び込み、思い切り泣き出したい衝動に駆られた。

「わたしは毎日ここにいるのよ」

「ニューヨークで思った以上に手間取ってしまってね」ダニエルはいつものように荒っぽい口調でしゃべり出してから、アンナの異様な目つきに気づき口ごもった。「何かあったのかい？」そういったが、アンナはちらっと薔薇を見るだけで何もいわない。「くそ」ダニエルは小声でつぶやき、薔薇を脇《わき》に下ろした。「まだ彼女の所へ行ってないのかい？」

「いいえ、ずっといっしょにいたわ」アンナはうつろな目つきをして答えた。

「それなら安心だ」ダニエルは氷のように冷たくなっているアンナの手を取った。「家まで送るよ」

「いいえ。ヒッグスさんの先生とお話ししたいの」

ダニエルは何かいおうとして口を開いたが、また閉じてアンナの肩を抱いた。「それじゃ、きみといっしょに待つよ」

ふたりは黙って座っていた。薔薇の香りがアンナを優しく包んでいる。どれも若いつぼみで、まだみずみずしい。人間の一生もこの花と同じだ。いつかは終わるときがある。アンナは薔薇をじっと見つめた。

医師が待合室へやってきた。「ホワイトフィールドさん、ヒッグス夫人からずいぶんあなたの話を聞かされましたよ。確か医学生でしたね？」

「そうです」アンナはゆっくりと立ち上がった。

「何週間か前に、夫人の体から悪性の腫瘍《しゅよう》を取り除いたことは知ってますね？　ところが、腫瘍は別の場所にも転移していたんです。でも、もう一度手術をしたら、夫人は死んでいたでしょう。ですから、我々に残された唯一の道は、夫人をできるだけ快適に過ごさせることだけでした」

「わかりますわ」わたしにも、いつかはそういう決断をしなければならないときが来るのだ。「ヒッグス夫人には家族がいないんです。ですから、お葬式の手はずはわたしが整えたいんですが」

医師はアンナの落ち着き払った態度と意外な申し出に驚いたが、アンナの顔をじっと見つめてから、彼女が無事卒業の暁には、自分の下でインターンを務めさせてもいいなと思った。「それは簡単にできると思いますよ。ヒッグス夫人の弁護士に電話して、あなたに連絡させましょう」

「ありがとうございます」アンナは医師と握手をした。よし、この娘を鍛えてやろう。医師はアンナの手に確かな手応《ごた》えを感じながら、そう決心した。

「帰ろう」ふたりきりになると、ダニエルがいった。

「まだ勤務中なのよ」

「でも、きょうはもう働く気がしないだろう？」ダニエルはアンナの腕を取り、エレベーターに乗せた。「ひと息ついたって、だれにも文句はいわれないさ。それに、僕につき合ってほしいんだ。きみに見せたい物があるんだよ」

アンナは黙ってダニエルを見つめた。あしたになったら、気分も新たにまた働こうと思いながら。

「まず、運転手に僕の家まで送ってもらうよ」病院の外へ出ると、ダニエルがいった。

「僕の車が必要なんだ」

「わたしの車があるじゃないの」

ダニエルは眉を上げてからうなずいた。「ちょっと待ってくれ」そういうとロールスロイスに近づき、運転手のスティーブンに帰っていいと告げた。「それじゃ、きみの車を使おう。自分で運転するかい？」

「ええ、もちろんよ」アンナは小さな白いコンバーティブルに近づいた。

「すてきな車だね、アンナ。きみの趣味のよさは前々からわかってたけど」

「わたしたち、どこへ行くの？」

「北だ。道は僕が教えてあげるよ」

アンナは行き先もわからないまま、風に髪をなびかせながらドライブを続けた。

ダニエルは物思いにふけっているアンナをしばらくそっとしておいたが、やがて口を開いた。「きみは、悲しいときでも弱音を吐かないんだね」

「ええ」アンナはため息をつき、傾きかけている太陽をじっと見つめた。「弱音なんて吐いていられないわ。この程度ではね。それより、ニューヨークの話を聞かせて」

「クレイジーな町だ。僕は好きだけどね」ダニエルはにやりと笑い、シートの上に腕を載せた。「あそこに住もうとは思わないけど、刺激があって楽しいよ。ダンリップル出版を知ってるだろう？」

「ええ、もちろんよ」

「今度、ダンリップル・アンド・マクレガーになるんだ」ダニエルは満足げにいった。

「名誉なことね」

「名誉なんてくそくらえだ。彼らには新しい血と現金が必要だったのさ」

「あなたには何が必要なの？」

「多角的な投資さ。株を一箇所に集中するのが好きじゃないもんでね」

アンナはかすかに顔をしかめた。「どんな会社の株を買うの？」

「経営不振の古い会社とか、これから事業を始める新しい会社だね。古いほうには再建の楽しみがあるし、新しいほうには開拓の楽しみがある」

「でも、買収した会社のすべてが成功するとはかぎらないでしょ?」

「すべてがそうなるわけじゃないさ。これは一種のゲームだからね」

「あまり健全なゲームじゃないわね」

「かもしれないな。でも、人生はそんなものさ」ダニエルは、まだ少し青いアンナの顔をじっと見つめた。「医者だって、自分の患者が全員回復すると思ってなくても、新しい患者が来れば診察せざるをえないんだからね」

「ええ、そうね」

「そうやって、みんな危険を冒してるんだよ、アンナ。もしほんとに生きてるんだったらね」

アンナはダニエルの指示に従いながら、ほとんど無言で運転を続けた。静かにドライブしているのだから気が静まっていいはずなのに、あれこれ考え事をしたせいで、海岸通りを走るころには神経がぴりぴりしていた。

「ここで停《と》めてくれないか」ダニエルが一軒の小さな店を指さした。

アンナはその店の横の空き地に車を停めた。「わたしに見せたい物って、これだったの?」

「いいや。でも、きみがおなかをすかせるだろうと思ってね」

アンナは、胃の辺りを手で押さえながらドアを開けた。「それだったら、もうすいてるわ」

手に入るとしても、せいぜいクラッカーひと箱ぐらいじゃないのかしら？　アンナは高をくくりながら、ダニエルに続いて店へ入った。

ところがそんなアンナの予想を裏切って、店の中にはありとあらゆる日用雑貨や食料品が所狭しと並んでいた。

「マクレガーさん！」まるまると太った女が愛想のいい笑顔を見せながら、カウンターの向こうですっと立ち上がった。

「やあ、ロー夫人。相変わらずきれいだね」

自分の顔が馬そっくりだと自覚している夫人は、ダニエルのお世辞を笑い飛ばした。

「きょうは何を差し上げましょうか？」

「このご婦人とピクニックに出かけるんだけど、何か食べ物を用意してくれないかな？」

ダニエルはカウンターの上に身を乗り出した。「この前みたいに、よだれが出そうなローストビーフとか」

「そんな物、一グラムだってありませんよ」夫人はウインクした。「あなたが目を回して、思わず神さまに感謝せずにはいられないようなハムならありますけどね」

ダニエルは満面に笑みを浮かべ、夫人のふっくらした手にキスをした。「だったら、目を回して神さまに感謝するよ、ロー夫人」

「それじゃ、ハムサンドを作りましょうね」夫人は急に抜け目のない目つきをした。「魔法瓶にレモネードも入れますよ。もし魔法瓶を買ってくだされればね」

「いいとも」

夫人はにぎやかな笑い声をあげながら、カウンターの奥へ引っ込んだ。

「前にもここへ来たことがあるのね」アンナがそっけない口ぶりでいった。

「ときどき来るんだよ。小さいけど、なかなかいい店でね。もうひと部屋増やして、ロー夫人お手製のサンドイッチを売ったら、評判になるだろうと思ってるんだよ」

「ロー・アンド・マクレガーね」

ダニエルは大声で笑いながらカウンターに寄りかかった。「いいや。場合によっては、僕の名まえは出さないほうがいいときもあるんだよ」

しばらくすると、ロー夫人がとてつもなく大きなバスケットを持って戻ってきた。「ピクニックがすんだら、バスケットは戻してくださいな。もう新しくはありませんけどね」そういうと、またウインクした。「でも、魔法瓶は新品ですよ」

ダニエルは財布を取り出し、アンナが眉を吊《つ》り上げるほどの大金を引っ張り出した。

「ご主人によろしく、ロー夫人」

夫人はポケットに札束を無造作にしまった。「楽しんでいらっしゃい」

「そうするよ」ダニエルはバスケットを持ち、ドアをぐるとアンナにいった。「僕に運転させてくれないか？」

やがてふたりを乗せた車は、ひどく狭くて曲がりくねった道をひた走っていた。道は断《だん》崖《がい》の上を走り、切り立った岩に荒波が寄せては返す光景は、さながら終わりのない戦いのようだった。

車は延々と道を上っていった。道端に点在する木々は絶え間なく吹く風にあおられ、かしいでいる。

道が再び平らになると、アンナは軽い失望を覚えた。目の前には雑草の生い茂った荒れ地が広がり崖《がけ》っ縁《ぷち》まで続いているだけで、何もないのだ。

ダニエルは車から降りると、いかにもほっとした表情で深く息を吸った。毎度のことながら、海に囲まれ潮の香りに包まれると、たちまち故郷に戻ったような気分になる。

アンナは無言で車を降りた。この土地の荒々しい自然には圧倒されたが、同時にそれがかもし出す不思議な安らぎも感じることができた。

「ここはあなたの土地なのね」

「ああ」

アンナは、強風にあおられ顔にからみつく髪をじれったそうに払いのけ、周囲の景色を眺めた。「きれいだわ」

　ダニエルはアンナのさりげないひと言にいたく感動し、彼女の手を唇に押し当てた。この土地のすばらしさは、だれよりもアンナにわかってもらいたかったのだ。

「ここに家を建てる予定なんだよ」ダニエルはアンナといっしょに歩き出した。「断崖のそばだから、海の音が聞こえて、まるで海に住んでるような気分に浸れるからね。家は長く持ちこたえられるように石造りにして、部屋によっては天井まで届く大きな窓をつけるんだ。玄関の幅もうんと広くしたいな。そして、ここに――」といったところで位置を目測し、立ち止まった。「塔を建てるんだよ」

「塔ですって?」アンナはびっくりしてダニエルを見上げた。「まるでお城みたいね」

「そのとおり。僕は城を建てるんだ。玄関のドアの上にはマクレガー家の紋章を飾るんだよ」

　アンナは家の完成図を想像し、感心したように首を振った。さぞや壮麗な家が建つだろうとは思ったが、同時にそれが不可解でもあった。「でも、どうしてそんな大げさな造りにするの?」

「長く残る家だからね。僕の曾孫《ひまご》の代になれば、それが証明されるさ」ダニエルはそういうと、バスケットを取りに車へ戻った。

　アンナはこれからどんなことが起こるのかと多少の不安を感じながら、毛布を広げるのを手伝った。食べ物は、サンドイッチのほかに、スパイスのきいたポテトサラダと分厚いケーキがふた切れある。彼女はスカートをふわっと広げ足を組んで座ると、空に浮かぶ雲を眺めながら黙々と食事をした。

アンナ同様、いかにも居心地悪そうに無言で食事を続けていたダニエルは、やがてぽつりぽつりと話し出した。「スコットランドでは、きみの家のガレージくらいの広さの小屋に暮らしてたんだ。僕が五つか六つのころ、母が病気にかかった。弟を出産して以来、ずっと産後の肥立ちが悪かったんだ。だから、祖母が毎日やってきては、料理をしたり赤ん坊の世話をしてくれたりした。僕は母のそばに座って話し相手をしていた。当時の僕にはまだわからなかったけど、母はずいぶん若かったんだよ」

アンナは両手を膝に載せ、熱心にダニエルの話に聞き入った。これが二、三週間前ならお義理でそうしていたかもしれないが、今となっては彼の過去がとても他人事とは思えなかった。

「お願い、先を聞かせて」

ダニエルは、なぜこんな話を始めたのか自分でもわからず、先を続けるのもつらかったが、いったん話し始めたからには全部聞いてもらおうと決意した。「父は毎日、炭鉱からすすけた顔をして戻ってきた。ひどく疲れていただろうに、必ず母の枕《まくら》もとに座り、赤ん坊をあやし、僕の話を聞いてくれた。母は五年ほど闘病生活を続け、僕が十歳のときに亡くなった。苦しみ抜いたはずなのに、愚痴ひとつこぼさずにね」

アンナはヒッグス夫人のことを思い出し、今度こそ思い切り涙をこぼした。ダニエルは何もいわずに潮騒《しおさい》を聞いていた。

「祖母が越してきて、僕たちといっしょに暮らすことになった。僕をしつけ読み書きを教えてくれたのは、この祖母なんだ。僕は十二歳になると炭鉱へ働きに出た。十二歳といっても、そのころはもう周りのおとな以上に読み書きや計算ができたし、体の大きさでもおとなに負けないくらいだったけどね」ダニエルは、手のひらにこぶしを当てて大声で笑った。「坑内は地獄だったな。粉塵《ふんじん》が目にも肺にも入り込むし、地面が揺れるたびに、どうせ死ぬなら早いとこ死にたいと思いながら、揺れが収まるのを待っていたんだもの。十五歳のとき、数字に強いからと、鉱山主のマクブライドに目をつけられて、計算の手伝いをさせられることになった。彼は公正な男だったから、臨時の仕事に対してはきちんと報酬を払ってくれたよ。一年もたたないうちに、僕は鉱山から出て、帳簿係になった。ここでやっと、すすけた手とさよならしたわけだ。僕が帳簿係の仕事を始めると同時に、父は僕の稼ぎの半分をブリキの缶に貯金させた。毎日の暮らしの足しにすればいいものを、断じてそうしなかったんだよ。その点は、僕の給料が上がってからも変わらなかったし、弟のアランにも同じことをさせたね」

「お父さまは、あなたを炭鉱から脱出させたかったのね」

「ああ、父は僕とアランを炭鉱から脱出させることを夢見ていたんだ。自分自身が一生はい上がれなかった環境からね」ダニエルは怒りに満ちた目つきをした。「僕が二十歳のとき、落盤事故があった。救出活動は三日三晩続き、父や弟を含めて二十人が遺体で発見されたんだ」

「まあ、ダニエル」アンナはダニエルに手を差し伸べ怒りに震えている肩に頭を載せた。

「お気の毒に」

「ふたりを埋葬してから、僕は心に誓った。絶対にこのままでは終わらないぞって。幸い、炭鉱を出ていくだけの蓄えはあったけど、祖母を連れ出すには遅すぎたよ。祖母は、死ぬ間際にひとつだけ僕にいった。決して家系を絶やすな、自分が誇り高い戦士の末裔《まつえい》であることを忘れるなとね。そのとき以来、僕はその約束を守り続けているんだ」ダニエルはアンナに振り向いた。「ここに石の家を建てるのは、そういう理由からなんだよ」

アンナはこのとき初めてダニエルの人柄に触れたような気がした。そして、この強風の吹きすさぶ断崖の上、彼の選んだ不毛な土地の真ん中で、もうあとには引けないほど彼を愛していることに気づいた。

「きっと、ご家族はあなたを誇りに思っているでしょうね」アンナはそういいながら立ち上がり、家の建設予定地まで歩いていった。

「いつか里帰りするつもりでいるんだけど、そのときはきみもいっしょに行ってくれるね？」

　わたしはこの瞬間をずっと待っていたんじゃないかしら？　もしかしたら、これが迷路への第一歩になるのかもしれないわ。アンナはくるりと後ろを振り向いた。「ダニエル、あなたの望みをすべてかなえてあげることなんか、到底わたしにはできないのよ。それは、やってみなくてもわかるの」

　ダニエルは立ち上がりアンナに向かって歩くと、かなり手前で立ち止まった。「きみは時間が必要だといったね。もうそろそろ結論を出してもいいころだろう。さあ、結論を聞かせてくれ」

　いよいよ来るべきときが来たんだわ。アンナは文字どおり崖っ縁に立たされた心境で、その場に立ち尽くしていた。

7

この人の望むことなら、なんでもかなえてあげたい。わたしだって、彼を失いたくはない。でも、今ここで一歩踏み出したら、ふたりの人生は取り返しがつかないほど大きく変わってしまう。いずれはあと戻りするにしろ、一歩踏み出してからの言動にはいっさい変更がきかないのだ。アンナはダニエルをじっと見つめた。

岩を打つ波の音が響き渡り、風がひゅーひゅーうなり声をあげながら、丈高い草をなぎ倒していく。ここは自分の選んだ土地だ。夢と希望の土地だ。その夢と希望をわかち合う女性は、アンナしかいない。アンナを手に入れるためなら、山だって破壊してみせる。ダニエルは新たな決意に燃えながら、熱いまなざしでアンナを見つめた。

この人はいつか、わたしに家族のことや将来の夢を話してくれた。わたしがその夢をわかち合えるかどうかはわからないけれど、今なら、わかち合えることがひとつだけある。しかも、わかち合えるのはたった一度だけだ。そう思いつくが早いか、アンナは足を前に踏み出し、ダニエルの腕に飛び込んだ。

ダニエルはアンナをひしと抱き締め、髪をくしゃくしゃにして、地面に落ちたくしを拾おうともせず、顔といわず唇といわずキスを浴びせ続けた。ああ、わたしはあなたのものよ。アンナはダニエルに体を強く押しつけながら、女だけが味わえる屈伏の歓《よろこ》びに浸っていた。

ふたりは風の入るすき間もないほど固く抱き合ったまま、草の上に横たわった。まるで長年別れていた恋人同士が再会したように、ふたりには抑制もためらいもなかった。アンナは一刻も早くダニエルの肌に触れたくて、彼のシャツの裾《すそ》をたくしあげると、彼がまだ少年のころから鍛えあげてきた腕や背中の筋肉を思いのままになでた。

ダニエルは今この場でアンナが欲しかった。アンナは、激しく鳴る彼の胸の鼓動でそれを感じた。ダニエルが自分に何を期待しようと、彼がどれほど綿密な計画を立てていようと、今はただ純粋に自分に欲望を感じている。そう思うと、アンナはひどくうれしくなり、さらに力を込めながらダニエルを愛撫《あいぶ》した。

気をつけろよ。優しく扱うんだぞ。ダニエルははやる自分にそういい聞かせながら、アンナの服をゆっくりと脱がせ始めた。波の音は心臓の音にかき消され、もはや聞こえてこない。アンナの喉もとに唇を当てながら草のにおいをかぐことはできたが、それよりも彼女の発散するほのかな香りのほうがはるかに刺激的だった。

節くれだった手で乱暴に触れて、アンナに不愉快な思いをさせまい。ダニエルのそんな気づかいをよそに、アンナは彼の手が体に触れるたびに、さらに求めるように体をのけぞらせた。欲望を激しく刺激されたダニエルはついに自分を抑えきれなくなり、彼女の衣服を強引に剥《は》ぎ取った。

真夏の太陽にさらされたむき出しの肌はミルクのように真っ白で、体は心同様きっちりとしていてむだがない。ダニエルがあまりの美しさに息をのみうめき声を漏らすと、アンナも同時に歓びの声をあげた。

ああ、なんてすばらしいの！　これ以上いい気持ちになれることなんてあるのかしら？

アンナはダニエルのキスを体中に浴びながら、ことばではいい表せないほどの歓びにうち震えていた。さんさんと降り注ぐ陽光の下で、男と女がこれほど隠微で官能的な行為をわかち合えるなどとは、そして、つねにストイックで冷静な自分が、断崖《だんがい》の上の草地で情熱に身をまかせるなどとは、想像だにしなかったことだった。けれども今は、ダニエルとなら、いつでもどこでもそれができる気がした。

ダニエルは、今にも体が爆発するのではないかと思うほど興奮していた。血管を流れる血の音が大きく耳もとで響き、体が火のように熱い。今すぐにでも強引にアンナを奪いたい心境だったが、彼女が処女だと思うと二の足を踏んだ。なんだか、大事な宝物に傷をつけるような気がして、恐ろしいのだ。とにかく落ち着け。そう自分にいい聞かせながら呼吸を整えようとしていると、アンナの手がもどかしそうに伸びた。

「アンナ……」

「あなたが欲しいわ」アンナがささやいた。「あなたが必要なのよ、ダニエル」

「きみを傷つけるようなまねはしないよ」ダニエルは頭を上げ、アンナの唇と目を見つめた。

「ええ、わかってるわ」

ダニエルは意を決してアンナの中に入った。温かい湿り気に身を浸すと新たな感動が広がり、胸がはち切れそうになった。今まで何人もの女性を知り、情熱に流されたことも何度かあったが、こんな気持ちにさせられたのは今度が初めてだった。

アンナは、ダニエルが自分の中に入り、貫き、満たすのを感じた。純潔と訣別《けつべつ》した瞬間、激しい痛みを覚えたが、やがて大きな歓びに包まれ、嵐《あらし》にも似た鮮烈な愛の行為に深くのめり込んでいった。


ダニエルは、カナリアをのみ込んだ猫のような心境だった。優れた子孫を残すのが目的で選んだ結婚相手が、美人で頭がいいばかりでなく、ひどくかわいくて情熱的だとわかって、なんだかずいぶん得をしたような気がした。

傍らには、これまた満足そうなアンナが無言で横たわり、彼の肩に頭を載せている。その態度はごく自然で、ダニエルが前にも今とそっくり同じことを経験したのではないかと錯覚したほどだ。

「今の家には、ふたりでも使いきれないほど部屋がたくさんある」ダニエルはうっとり目を閉じ、愛の行為の余韻を楽しみながら半ば独り言のようにいった。「もちろん、きみの目から見れば、改装が必要な部屋もいくつかはあるだろうけど」

今のことは、この場かぎりでおしまいよ。もうあと戻りしなければ。アンナはそう自分にいい聞かせながら、木漏れ日をじっと見つめた。「あなたの家は今のままで十分すばらしいわ、ダニエル」

「ああ、それにほんの一時しのぎだからね」ダニエルは新居の青写真を頭に思い描きながら、アンナの髪をそっとなでた。「こっちの家が完成したら、ボストンの家は売りに出そう。いや、やっぱり仕事用に取っておいたほうがいいかもしれないな。結婚したら、なるべく出張は差し控えたいから」

「でも、あなたの仕事に出張は付き物だわ」

「今のところはね。でも、いずれは取引相手に来てもらうようにするよ。結婚したからには、なるべく妻といっしょに過ごしたいからね」

アンナはダニエルの胸にそっと手を置いた。この人、妻ということばを口にするとき、自分がどれだけ得意そうな顔をするか知ってるのかしら？　まるで新車を自慢するみたいな顔をしているんだって。「わたし、あなたとは結婚しないわ、ダニエル」

「それでも、ニューヨークにはときどき行かなければならないけど、そのときはきみもいっしょに来ていいんだよ」

「聞こえなかったの？　あなたとは結婚しないっていったのよ」

ダニエルは大声で笑い出し、アンナを引き寄せた。「僕と結婚しないって、どういう意味なんだい？　もちろん、僕と結婚するんだろう？」

「いいえ」アンナは優しい目をしながら、ダニエルの顔にそっと手を触れた。「しないわ」

「今更何をいうんだ？　冗談をいってる場合じゃないんだぞ」一瞬うろたえたダニエルは、いきなりアンナの肩をつかみ、怒気を含んだ声でいった。

「冗談をいってるんじゃないわ」アンナは静かに答えて彼から離れ、服を着始めた。

とまどいと怒りに我を忘れたダニエルは、今しもブラウスの袖《そで》に通されようとするアンナの手首をむんずとつかんだ。「僕たちはたった今愛し合ったばかりじゃないか。しかも、きみのほうから僕の胸に飛び込んできたんだぞ」

「確かにそうよ。わたしたちがお互いを必要としていたからだわ」

「それをいうなら、僕たちはこれから先もずっとお互いを必要とするんだ。だからこそ、きみは僕と結婚するんだよ」

アンナはゆっくりとため息をついた。「それはできないわ」

「いったい、なぜだ？」

アンナは胃が痛み出した。明るい夏の日ざしを浴びているのに、肌がぞくぞくする。できることならダニエルから解放されたかったが、抵抗しても無視されるとわかっていた。

「あなたはわたしと結婚して、家族を持って、あなたの仕事の都合や気分次第でわたしをあちこち連れ回したいのよね」アンナはそこまでいうと、緊張のあまり、ごくりとつばをのんだ。「でも、そのためにはわたしが物心ついたころからあこがれていた、あることをあきらめなければいけないのよ。たとえあなたのためだろうと、わたしにはそんなことできないわ、ダニエル」

「ばかなことをいうなよ」ダニエルはアンナの肩を激しく揺さぶった。「学位を取ることがそれほど大切なら、あきらめたりしないで取ればいいじゃないか。結婚してからだって勉強はできるんだから」

「いいえ」アンナはダニエルの手を振りほどき、また服を着始めた。「もしダニエル・マクレガー夫人になって学校に戻ったら、永久に学位は取れないわ。たとえあなたにそのつもりはなくても、あなたにやめさせられるに決まってるからよ」

「ばかなことをいうな！」ダニエルは裸のまますっくと立ち上がった。

アンナは逆光を浴びて立つダニエルを見た瞬間、両腕を広げて彼を再び迎え入れたい衝動に駆られたが、やがて意を決して立ち上がった。「ばかなことじゃないわ。それに、わたしは学位を取りたいの。取らなければいけないのよ」

「だから、僕を捨てて医学を取るというのか?」

「わたしは両方欲しいのよ」アンナはそういって、ごくりとつばをのんだ。とっさにいったことにダニエルがどう反応するか、まるでわからなかった。「だから、あなたと結婚はしないけど、いっしょに暮らすつもりよ」

ダニエルはいぶかしげに目を細めた。「どうするつもりだって?」

「九月まで、ボストンのあなたの家でいっしょに暮らすわ。そのあとは、ふたりでキャンパスのそばにアパートを借りればいいわ。そのあとは……」

「そのあとは、なんだ?」ダニエルは歯ぎしりしながらきいた。

アンナは両手を上げたもののやり場に困り、力なく下ろした。「そのあとは、わからないわ」

アンナは誇らしげに頭を上げていたものの、顔色は青白く、目は不安に満ちていた。狂おしいまでに彼女を愛していたダニエルの怒りは、今や頂点に達していた。「アンナ、僕はきみを妻にしたいんだ。愛人になってほしいわけじゃない」

それを聞いて、アンナの目が見る見る怒りに燃えた。「わたしだって、そんなものになるといった覚えはないわ」そういうと、くるりと踵《きびす》を返し車に向かおうとしたが、ダニエルは彼女の腕をつかみ、強引に振り向かせた。「それじゃ、どうしたいっていうんだ?」

「あなたと暮らしたいのよ」アンナはいつになく大声を出した。彼の怒りに対抗するには、どなり返すしかなかった。「あなたに養われるんじゃなくてね。あなたのお金も大きな家も一日一ダースの薔薇《ばら》のプレゼントもいらないわ。わたしが欲しいのはあなただけ。理由はわかってるわね?」

「だったら、結婚してくれ」ダニエルは依然として裸のまま、そして依然として怒り狂ったまま強引にアンナを手繰り寄せた。

「大声でどなったり居丈高になれば、なんでも自分の望み通りになると思ってるの?」アンナはダニエルを押しのけて、毅然《きぜん》としていった。「わたしにできるのは、当面あなたといっしょに暮らすことだけよ。それ以上のことはできないわ」

まったく聞き分けのない女だ。ダニエルはいらいらして両手で髪をかきわけた。「きみの評判がどうなっても構わないのか? 僕は構うぞ」

「あなたは自分の評判だけ気にしてればいいのよ」アンナは皮肉っぽく眉を上げ、ダニエルの体に視線を走らせた。「もっとも、今のところ、あまりそれには関心がないようだけど」

ダニエルは恥じるふうもなく、手早くスラックスを引き上げた。

「僕はきみを誘惑した――」

ダニエルがそういいかけたところで、アンナがさえぎった。「勘違いしないでちょうだい」そういいながら彼のシャツを拾い上げる。「わたしたちは愛し合ったのよ。誘惑したとかされたとかいう問題じゃないわ」

ダニエルはシャツを受け取り、身に着けた。「きみは見かけよりはるかにタフなんだな、アンナ・ホワイトフィールド」

「そのとおりよ」アンナは得意げにいうと、ピクニックの道具を片づけ出した。「あなたは前に、あるがままの自分を受け入れろといったわね。今それとそっくり同じことばをあなたにお返しするわ。もしわたしが欲しかったら、わたしのいう条件をのんでちょうだい」そういい捨てると、まだ服を全部着終わっていないダニエルをしり目に、車に向かって歩いていった。

長い帰路をたどりながら、ふたりはほとんど口をきかなかった。アンナの怒りはすでに収まったが、彼女はへとへとに疲れていた。ほんの短い時間に、予期せぬ出来事に次々と見舞われ、頭の中が大混乱をきたしていた。隣に座っているダニエルがまだ怒っていることは肌でひしひしと感じたが、こんなときは何をいってもむだだと思い、ほうっておいた。

愛人。そういわれたことを思い出すと、またしてもむかむかしてきたが、怒りが静まるのをじっと待った。わたしはだれの愛人にもならないわ。それに自分でその気にならないうちは、妻にもね。でも、恋人にならなってもいいわ。アンナはシートの背にもたれ、腕組みをしながらきっぱりとそう自分にいい聞かせた。

僕と暮らすだけならいいだと？　ダニエルはハンドルを固く握りしめ、常人には出せそうもないほどの猛スピードで角を曲がった。莫大《ばくだい》な財産の半分は自分のものになるというのに、名誉あるマクレガーの姓を名乗れるというのに、結婚したがらないとはどういう性格をしてるんだ？

そもそも、これからふたりが結婚すると思えばこそ彼女の純潔を奪ったんだ。そんなことは百も承知だったろうに、今になって結婚したくないだなんて、完全な裏切りじゃないか。くそ！　僕は妻が、家族が欲しいんだ。それなのに、彼女は結婚よりも注射を打つ資格ありと書かれた紙切れが欲しいんだとさ。

やっぱり、最初から彼女の忠告に従っておいたほうがよかったかな。アンナ・ホワイトフィールドはボストン一おれの妻にふさわしくない女なんだ。だから、彼女のことはきっぱり忘れよう。玄関で彼女を降ろして、クールにさよならをいって、車で走り去ればいいだけだ。ダニエルはそこまで考えてから、突然アンナの肌の感触や髪のにおいを思い出し、大声で叫んだ。「そんなことは絶対にできない！」

車はけたたましい急ブレーキの音を立て、アンナの家の前に停《と》まった。ほんの数メートル先で薔薇の枝を切り取っていた彼女の母親は、あわや家に突っ込みそうになった車を見て、はさみを固く握りしめた。

「こういうことはお得意なのね」アンナは落ち着き払っていった。

「いいか、よく聞くんだ」ダニエルはわずかに体の向きを変え、アンナの両肩をつかんだ。アンナの目を見た瞬間ダニエルはアンナを抱き寄せ、お互いに疲れて口がきけなくなるまで愛し合いたいと思った。

アンナは眉を上げた。「聞いてるわ」

ダニエルはいうべきことばを探しながら、ゆっくりと話し出した。「僕たちのあいだにあったことは、だれとでもあることじゃないんだ」

アンナはかすかにほほ笑んだ。「それはわたしも認めるわ」

ダニエルは不満を一気にぶちまけたくなったが、必死で自分を抑えた。「問題はそこだ。僕はきみと結婚したいんだよ」薔薇の茂みで、はさみの落ちる音がした。「きみを初めて見たときから、きみと結婚したいと思ってたんだ」

「問題はそこよ」アンナはいとおしそうに両手をダニエルの顔に当てた。「あなたは自分にふさわしい女を物色していて、わたしに決めたんだわ。だから、わたしにもあなたとそっくり同じ人生を歩んでほしいのよ。もしかしたら、わたしにもそれができるかもしれないけど、そうするつもりはないの」

「でも、今の気持ちはそれどころじゃない。それ以上なんだ」ダニエルは欲望に目を光らせながらアンナを抱き寄せ、熱いキスを浴びせた。

ええ、そうね。今はそれ以上だわ。あなたとこうしていると、ほかのことなんてどうでもよくなってくるんですもの。だから怖いんだわ。だからわくわくするんだわ。アンナはひそかにつぶやきながら、彼のキスをむさぼった。

ダニエルはやりきれない気持ちになり、アンナの体を放した。「僕たちがお互いに何を求めているかわかるだろう？ 結婚すれば手に入るものが」

「ええ」アンナは声を震わせた。「わかるし、欲しいとも思うわ。でも、結婚はだめ」

「きみに僕の姓を名乗ってもらいたいんだ」

「わたしはまずあなたの心が欲しいの」

「きみは頭が混乱しているようだな」ダニエルは自分も混乱しながら、ゆっくりとアンナの肩から手を下ろした。「少し時間が必要だろう？」

「いいえ、必要ないわ」アンナはダニエルが止めるまもなく、車を降りた。「でも、あなたには必要みたいね。さよなら、ダニエル」

ホワイトフィールド夫人は玄関に向かってすたすたと歩いてくる娘をじっと見つめていた。ダニエルは乱暴な運転で道を下っていったが、途中でアンナの車を運転しているのに気づき、前進したとき同様荒々しく車をバックさせた。彼が車のドアを乱暴に閉めると恐ろしい形相で家をにらみつけ、反対方向にのっしのっしと歩いていくのを見届けたアンナは、胸に手を当てながら小道を突っ走り、玄関のドアをくぐった。

「アンナ！」夫人は両手を大きく広げ、階段の下で娘をつかまえた。「何があったの？」

アンナはひとりきりになりたかった。自分の部屋に戻ってドアを閉め、ベッドに横たわりたかった。考えたいことが山ほどあったし、なぜかわからないが泣きたくもあった。けれどもそんなことはおくびにも出さず、母親をじっと見つめた。「どうして？」

「わたし、薔薇の枝を切っていたのよ」夫人はしどろもどろにいうと、半ば薔薇で埋まったバスケットを揺すった。「そしたら聞こえたのよ。その……聞くつもりはなかったんだけど」突然成熟したように見える娘の視線にいたたまれなくなってうつむき、作業用の手袋をはずすとそばのテーブルに置いた。

「ママが立ち聞きしていたんじゃないってことはわかったわ」

「もちろんですとも！　だれがそんなことを――」夫人は途中までいってから話が横道にそれそうなことに気づき、肩をそびやかした。「アンナ、あなたとマクレガーさんは、まさか……」そういったきり、バスケットにかけた両手をもじもじさせた。

「そのまさかよ」アンナはかすかにほほ笑み、踊り場から一歩下りた。「わたしたち、きょうの午後、寝たの」

「まあ」夫人はそういったきり絶句した。

「ママ」アンナは母親の手からバスケットを取った。「わたしはもう子どもじゃないのよ」

「もちろんですとも」夫人は深々とため息をついた。「でも、もしマクレガーさんがあなたを誘惑したんだとしたら、その場合は……」

「彼はそんなことしなかったわ」

夫人は娘のいう意味がわからず、目をぱちくりさせた。「でも、あなたはいったじゃないの……」

「わたしは彼と寝たっていったのよ。彼がわたしを誘惑する必要はなかったわ」アンナは母親の腕を取った。「座ったほうがいいかもしれないわね」

「ええ」夫人は体をわなわなと震わせた。「そのほうがいいかもしれないわ」

ふたりは応接間のソファーに並んで座った。アンナはごてごてと飾り立てたこの部屋で、恋愛やセックスについて母親と話し合おうとは夢想だにしなかったので、何から切り出していいのかわからなかったが、深く息を吸ってからいきなり本題に入った。「ママ、わたしは今まで男の人と過ごしたことがなかったわ。でも、ダニエルとなら過ごしたいなと思ったの。きょうのことは、行き当たりばったりじゃなくてよくよく考えたうえでの行動なのよ」

「いつもいってるでしょ、あなたは考えすぎだって」母親は反射的にそういった。

「ごめんなさい」親に批判されるのには慣れっこのアンナは、膝に両手を置き静かにそういった。「こんな話聞きたくないでしょうけど、ママには嘘《うそ》はつけないわ」

「ああ、アンナ」夫人はいつになく愛情たっぷりに娘を抱き締めた。「それで、あなたはだいじょうぶなの？」

「もちろんよ」アンナは突然感動し、母親の肩に頭を載せた。「とてもいい気分だわ。まるで……どういったらいいのかしら、扉が開かれたみたいな」

「ええ」夫人は潤んだ目をしばたたいた。「そうでなくちゃいけないわ。こんなことふたりで話したのは初めてね。一度は話しておかなければと思っていたところへ、あなたがあの学校へ行くようになって、その手の本も読むようになったから――」夫人はそこまでいって、初めて娘の医学書に目を通したときのショックを思い出した。「これは、わたしの出る幕じゃないと思ったのよ」

「本に書いてあることとは、まるで違ったわ」アンナは満足げにいった。

「ええ、そうね」夫人は体の位置をずらし、娘の両手を取った。「本なら閉じることもできるし。アンナ、あなたに傷ついてもらいたくないのよ」

「ダニエルもそういったわ。事実、わたしを傷つけないようにって、気を遣いすぎるくらいなのよ。わたしと結婚したがってるの」

夫人はほっと安堵《あんど》のため息を漏らした。「わたしも、確かにあの人がそういうのを聞いたような気がしたけど、あなたたちの口ぶりときたら、まるでけんかしてるみたいだったわ」

「けんかじゃないわ。意見が一致しないだけよ。わたし、あの人と結婚するつもりはないの」

「アンナ」夫人は険しい表情を浮かべて娘から離れた。「なぜ、そんなばかなことをいうの？　わたしもあなたのことを十分理解しているとはいえないけど、あの人を深く愛していなければ、きょうみたいなことを起こすようなあなたでないことぐらいはわかってるつもりよ」

「もちろん、彼を愛してるわ」アンナはいささかうろたえ、両手で目頭を押さえた。「もしかしたら、愛しすぎてるくらい。だから怖いのよ。彼はわたしが妻となり母となることを望んでいるわ。大半の男が足にぴったり合う靴を探すようにね」

「それが男ってものだわ」夫人はソファーの背にもたれ、諭すような口調でいった。「なかには詩人や空想家もいるけど、ほとんどはただの男よ。若い女の子が甘いことばやムードたっぷりの音楽を欲しがることはわたしも知ってるけど、生活っていうのはそんなうわついたものじゃないのよ」

アンナは不思議そうな顔で母親を見た。こんなに哲学的な母の姿を見るのは、物心ついてから初めてのことだ。「ママも甘いことばを欲しがったの？」

「もちろんよ」ホワイトフィールド夫人は昔を思い出しながらほほ笑んだ。「あなたのお父さまはすばらしい男性だったわ、とっても。でも、お父さまの話すことときたら、ほとんどが法律の本からの引用だったのよ。わたしはマクレガーさんをすてきな男性だと思うけど」

「彼はすてきよ。だから彼を失いたくないけど、結婚するわけにはいかないのよ」

「アンナ……」

「わたし、彼と暮らすつもりなの」

夫人は口をぽかんと開けてまた閉じ、ごくりとつばをのみ込んだ。「何か飲み物が欲しいわ」

アンナはすっと立ち上がり、リキュールキャビネットに近づいた。「シェリー酒にする？」

「スコッチがいいわ、ダブルでね」

「ダニエルもママとそっくりの反応をしたわ」アンナはスコッチをグラスに注《つ》いで母親に手渡し、母親がそれを飲みほすのをじっと見つめた。「ママに隠し事をしたことって、今までに一度もないわね」

「ええ、ええ、あなたはいつだって、わたしが困るほど正直だわ」

「ダニエルをとても愛してるわ。でも、ほんとはそうなりたくなかったの。できればあと戻りしたいくらいよ。だって、もし彼と結婚したら、わたしの勉強してきたことがいっさいむだになってしまうんですもの」

ホワイトフィールド夫人は空っぽのグラスを置いた。「学位のことね」

「このことはママにもわかってはもらえないと思うわ。たぶんだれにもね」アンナは両手で髪の毛をかきわけた。「もしダニエルと結婚したら、絶対に学位は取れないってわかるの。そして、もしそうなったら、一生彼を恨むだろうってことも。ママ、前にも説明したとおり、わたしにとって医者になることは単なる希望じゃなくて使命なのよ」

「大事なものを量りにかけて、どっちかひとつを選ばなければならないときもあるのよ、アンナ」

「そうしなくてもすむ場合だってあるわ」アンナはそういってから祈りたい気持ちになり、母親の足もとにひざまずいた。「すべてを求めるのは虫がよすぎると思うけど、これは何度も繰り返して考えたことなの。医者にもなりたいし、ダニエルなしで生きていくのも嫌なのよ」

「それでダニエルは？」

「彼は結婚を望んでいるわ。今のところ彼にはそれしか見えないけど、いつかはわかってくれるわ」

「あなたはいつでもそんなふうに自信たっぷりなのね、アンナ」夫人は娘の静かに澄みきった瞳を見つめながら、ため息混じりにいった。「何も要求しないですっかり満足してると思わせておいて、突然すべてを要求するんだわ」

「医者になることも、ダニエルを愛することも、いわば宿命みたいなもので、その両方を受け入れるしかないのよ」

「アンナ、そんなことをしたら自分が苦しむだけだわ。もしダニエルを愛しているなら、きちんと結婚をして――」

「今は結婚なんかできないし、永久にできないかもしれないわ」アンナは母のことばをさえぎりぱっと立ち上がると、いらいらしたように部屋を行ったり来たりした。「わたしは過ちを犯したくないのよ。彼のためにも、わたし自身のためにも。今のところわたしにわかってるのは、彼なしではいられないということだけだわ。もしかしたら、わたしの考えはまちがってるかもしれないけど、だとしたら、わたしたちが人目を忍んで会い続けるのは、それよりもましなことなの？　あちこちで、昼となく夜となく、二、三時間の密会を重ねるほうが好ましいことなの？　教えて」

「わたしからあなたに教えることなんてひとつもないわ」夫人はそっとつぶやいた。

「ああ、お願い」アンナは自分でも意外なほどうろたえ、母親のそばに戻った。「今ほどママにわかってほしいときはないのよ。彼と暮らしたいのは、単なる欲望からじゃないわ。もちろん、それも理由のひとつだけど、すべては無理だとしても多少なりとも彼と夢をわかち合いたいからなの。隠れて彼と愛し合うなんて偽善だわ。わたしは自分の気持ちを隠したくないの。自分を隠したくないのよ」

ホワイトフィールド夫人はどう答えていいかわからず、ひとり娘の熱心なまなざしや柔らかい唇をじっと見つめた。「だったら、それなりの覚悟はできてるのね。世間の人がなんというと思って？」

「そんなことは問題じゃないわ」

「そうだったわね」夫人はつぶやいた。「あなたがいったんこうと決心したことを思いとどまらせるなんて、どだい無理な話なのよ。それに、あなたはもうおとななんだから、わたしからああしろこうしろというわけにもいかないんだし。でも、これだけはいっておくわ、アンナ。わたしに今度のことを認めろといっても、それはできないわよ」

「わかってるわ」アンナは母親の膝の上に手を載せた。「心の片隅で、ほんのちょっぴりでもわかってくれたら、それで十分よ」

夫人はため息をつきながら娘の手に触れた。「恋をするってどういうことなのか、いまだに覚えてるわ。もしかしたら、わかりすぎるからこそ、あなたのことを心配してるのかもしれないわね。アンナ、あなたはいつもいい子だったわ。でも……」

アンナは緊張した面持ちで、かすかにほほ笑んだ。「でも？」

「いつも謎《なぞ》でもあったのよ。それと、今まで一度もいわなかったけど、あなたを誇りに思ってるわ」

アンナはほっとひと安心して、体を小刻みに震わせた。「今までママには一度もいわなかったけど、わたしを誇りに思ってほしかったのよ」

「正直なところ、あなたが医学の道をあきらめて、幸せな結婚をしてくれたらといつも思ってたわ。でもその一方で、あなたを見てはひそかに声援を送ってたのよ」

アンナは母親の手を握りしめた。「そういってもらうとどれほど励みになることか、口ではいい表せないくらいだわ」

「わかるわ。でも、パパは……」夫人は夫の反応が想像できなくて、そっと目を閉じた。

「パパはきっと動転するわ」

「わたしからうまく話してみるわ」夫人はとっさにそういってから、自分が本気であることに気づき、肩をそびやかした。

アンナはほほ笑みながら頭を上げた。このとき初めて、母と娘は女同士として見つめ合った。

「愛してるわ、ママ」

「わたしも愛してるわ」夫人は娘をソファーに引っ張り上げた。「あなたを理解できなくても、愛することはできるのよ」

アンナはため息をつきながら、母親の肩に頭を載せた。「ママにわたしの幸運を祈ってくださいなんていったら、甘えすぎかしら？」

「母親としては、そうだって答えるしかないわ」夫人はほほ笑みながら答えた。「でも、女としてなら、そんなことはないって答えるわね」

8

日がたつにつれて、アンナは自分が失恋したのではないかと思うようになった。なにしろ、ダニエルからは電話もなければ家にどなり込まれることもなく、薔薇《ばら》のプレゼントもぱったりととだえてしまったのだ。車の通り過ぎる音を聞けば窓の外をのぞき、ベルがりんと一回鳴れば電話のそばへ駆け寄ったりするようになった。そのたびにもう二度とこんなまねはすまいと心に誓いながら、またぞろ同じことを繰り返していた。

病院をあとにするたびに、もしやブルーのコンバーティブルが駐《と》まっているのではと、駐車場をざっと見渡すようになった。白い大きな建物から足を一歩踏み出すたびに、もしかしたら、肩幅の広い赤毛の大男が縁石のそばでじれったそうに待っているかもしれないと期待するようになった。

アンナは自分がダニエルを頼り始めていることに気づきうろたえたが、なんのために彼を頼りにしているかに気づくと、さらにうろたえた。それは幸せのためだった。たとえ彼がいなくても、日々の生活や仕事には満足できるだろうと思っていたのに、ダニエルと生活を共にしなければ自分が幸せになれるかどうか自信がなくなっていたのだ。

ある日、脚を骨折した少女のために『シンデレラ姫』の本を読んでやっていると、突然とりとめのないことを考え始めた。困ったことに、ダニエルと行き違いがあって以来、仕事をしている最中でもぼんやりと空想にふけることがよくあったのだ。

『シンデレラ姫』のストーリーは、アンナにとってはまったくの絵空事でしかなかった。王子さまの使者がガラスの靴を履かせに来るまで手をこまねいて待っていることなど、とうていできそうもなかったし、魔法使いとか雲の中のお城の存在など、あまりに現実離れしすぎていて信じられなかった。

お話の中でだったら白馬の騎士を夢見るのもいい。でも、現実の生活では、白馬の騎士なんかよりパートナーが必要だ。いつも見上げられて、崇拝されていなければ気のすまないナイトや王子さまのお相手なんて疲れるから嫌だ。現実の生活で女性が必要とするのは現実に生きている男だし、気のきいた女なら塔の中に閉じこもって男が来てくれるのをじっと待ったりはしない。大切なのは、自分の生き方を自分で決めるということだ。

アンナはそこまで考えると、はたと気づいた。確かにそのとおりだ。だったら、どうしてわたしはじっと待ってるの？　おとなしく座ってだれかに支配されるのを待つなんて、愚か者か敗北者のすることだ。わたしは、愚か者にも敗北者にもなるつもりはない。アンナはきっぱりとそう決心しおとぎ話を読み続けたが、少女が眠りに落ちると同時に本を閉じ、さっそうと部屋を出た。

病院の外では、空が灰色に濁り、嵐《あらし》が吹き荒れていた。アンナはびしょ濡《ぬ》れになるのも構わず、鼻歌を歌いながら車に向かった。

オールドライン・セービング・アンド・ローンの建物は、いかにも銀行らしく落ち着きと堅実さにあふれていた。あれから彼に多少の変化はあったかしら？　アンナは淡い期待を抱きながら芝生を足早に横切り建物の内部に入ると、後ろで両手を組みながら近くにいる行員に近づいた。

階上では、そんなこととはつゆ知らぬダニエルが、来週新聞に掲載する予定の広告に目を通していた。ビジネスマンたる者、ときには直感だけで決定を下すこともあったが、彼の勘によれば、その広告を出すことで業績も彼自身の評判も上がること請け合いで、頭の中には、オールドライン・セービングの再建が成ったら、二年後にはセーラムに支店を出すという青写真まで、すでにすっかりできあがっていた。

しかし、こうしてアイディアをふくらませながらも、ダニエルの心はいつしか仕事を離れていた。風に吹かれる断崖《だんがい》と黒い髪、黒い瞳の女のことを思い出していたのだ。自分の腕に抱き締めた女の記憶はきのうのことのように鮮明で、こうしてオフィスにいても体がぞくぞくしてくる。気のせいか、アンナの甘くひそやかなにおいすら漂ってくるようだ。

ダニエルはちっと舌打ちし、書類を脇《わき》へ押しやると窓辺へ行き、降りしきる雨をじっと眺めた。アンナの家から走り去るとき、本気で彼女を忘れるつもりでいたのに、いつまでもそれができずにいる自分が歯がゆくてならなかった。

　窓から見るボストンの町は、ダニエルの気分さながらに灰色で憂鬱《ゆううつ》そうだった。ダニエルはおびただしい数の書類を処理し、いくつか控えている会議を終えたら、天気の良し悪《あ》しにかかわらず川べりを散歩しようと思った。だれにも煩わされずにひとりきりになりたかったのだが、たとえ町の端から端まで歩いたとしても、アンナの幻影から逃れられそうもなかった。いくら女はほかにもいるのだと思おうとしても、結局アンナのことしか考えられなかった。

　僕はアンナと結婚したいんだ。ダニエルはそうつぶやき、窓にくるりと背を向けると、両手をポケットに突っ込み顔をしかめながら部屋の中を行ったり来たりした。いまいましいことだが、やはりアンナと結婚したい。朝目を覚ましたら、隣にアンナがいて、夜家に戻ったら、アンナが玄関まで出迎えてくれるなんて最高じゃないか。僕はこのままでは引き下がらないぞ。僕の辞書に失敗ということばはないんだ。だれが失敗なんてするものか。アンナと結婚するといったら、してやるんだ！

　ダニエルが決意を新たにし、ドアに向かって半ば歩いたとき、机の上の電話が鳴った。彼は舌打ちしながら机に戻ると、受話器をぐいと持ち上げた。「マクレガーだ」

「マクレガーさん、出納係長のメアリー・マイルズです。お仕事中恐れ入りますが、どうしてもあなたに会わせてくれとおっしゃる若い女性がロビーに見えてます」

「秘書を通じて会う約束を取りつけるようにいってくれ」

「はい、私もそう申したんですが、とにかく会わせてくれの一点張りで――」

「通りすがりの人間にいちいち会っている時間なんか、僕にはないんだよ、マイルズさん」ダニエルはそう答えながら腕時計を見た。アンナはもう病院を出ているはずだから、今となっては自宅で彼女をつかまえるしかない。

「はい。あの、私もそう申したんですが、なかなか納得していただけないんです」

ダニエルはじれったくなって、また舌打ちした。「その人に伝えてくれ……」そういいかけて、ふと気がかりになった。「彼女の名まえはなんというのかね？」

「アンナ・ホワイトフィールドです」

「なぜ彼女をロビーなんかで待たせておくんだ」ダニエルはがらりと態度を変え、命令した。「すぐこっちへよこせ」

出納係は一瞬間を置いてから、あわてて返事をした。「はい、ただいま」

アンナもとうとう結婚する気になったか。ダニエルはふつふつと込み上げる勝利感に酔いしれた。まさかオフィスで結婚の条件を話し合うとは思わなかったけど、まあ、いい。とにかく、アンナには最大限の譲歩をしてやろう。なにせ、彼女のほうからこっちへ出向いてくれたんだからな。

すばやいビジネスライクなノックの音がして、秘書が顔を出した。「ホワイトフィールドさんがお見えです」

ダニエルはそっけなくうなずき秘書を下がらせると、アンナに目を凝らした。アンナは、頭からぽたぽたと雨の滴を垂らしながら、真新しいグレーの絨毯《じゅうたん》の上に立っている。雨に洗われた顔や濡れた黒髪の美しさに、ダニエルは思わず息をのんだ。

「濡れてるじゃないか」ダニエルは優しいことばをかけるのが照れ臭くて、なじるような口調でいった。

「雨が降ってるのよ」アンナはほほ笑みながら答えた。ダニエルに会えたうれしさで自然と顔がほころんでしまう。

ダニエルはそんなアンナにしばらく見とれてから、ふと我に返り、せき払いをした。「ずぶ濡れになりながら町を走り回るなんて、医学生のやることかね」そういうとキャビネットの扉を開け、ブランデーのボトルを取り出した。「むちゃをすると、嫌でもあの病院に長期入院する羽目になるぞ」

「夏に少しくらい雨に打たれたって、さほど害はないのよ」アンナはこのとき初めて自分がずぶ濡れだということに気づいたが、それでも平然として顎を上げていた。

「とにかくこれを飲めよ」ダニエルはアンナの手にブランデーグラスを握らせた。「座れよ」

「いいわ、椅子が濡れちゃうから」

「いいから座れ」ダニエルはどなった。

アンナは眉を上げ、椅子に近づいた。「わかったわよ」

アンナを座らせたダニエルは、立ったままだった。勝利感など、もはやどこを探してもなかった。アンナの顔を見ただけで、彼女が決意を変えていないことがわかったのだ。

アンナ、それでなくちゃな。きみが簡単に人のいいなりになるような女だったら、僕はこれほどきみに惚《ほ》れたりはしなかったさ。きみは結婚を承諾しに来たんじゃないんだ。でも、僕だって、きみがこの前出した条件なんて絶対にのまないから、そのつもりで。ダニエルはひそかにそう皮肉ったが、それだけではどうにも腹の虫が収まらず、一計を案じた。我ながらおとなげないとは思ったが、自分が怒っていることをぜひとも彼女に知らせたかった。

「ローンに興味があるのかい、アンナ?」ダニエルはかすかにほほ笑みながら、穏やかな口調でいった。

アンナは、突然ぴりぴりし始めた神経を静めようとして、ブランデーをすすった。なぜダニエルがそんなことをいうのか、すぐにぴんときた。やはり、この人はまだ怒っている。怒ってるに決まってるじゃないの。そんなにあっさり女にいいくるめられるような男に、わたしが恋をすると思うの? わたしは、彼がいつも彼らしいから、恋をしたのだ。

「今のところ興味はないわ」アンナは、部屋の中を見回して時間稼ぎをした。「すてきなオフィスね、ダニエル。威厳があるのに、堅苦しい感じがしないわ。あの絵のせいかしら？」

ブルーの濃淡で統一された部屋の壁には、大胆な抽象画が飾られている。その絵は、一見でたらめな線と形の組み合わせのようだが、それが表す性的な意味は明確に読み取れた。アンナにもこの絵のよさがわかるみたいだ。ダニエルは、絵をじっと見つめているアンナを見ながらそう思った。彼がこのピカソの絵を法外な値段で買ったのは、絵に魅力を感じたのもさることながら、あと三十年もすれば、値段が急騰すると見込んだからだ。

「この絵を見てもショックを受けないようじゃ、きみにショックを与えるのは至難のわざのようだな」

「そのとおりよ」アンナはもうくつろいでいた。「被害者面をしながら生きていくなんて、この世に生まれたかいがないと常日ごろ思っているの。ところで薔薇が来なくて寂しかったわ」

「迷惑だったんじゃないのかい？」

「確かに迷惑だったわ、来なくなるまではね。何日も連絡をくれなかったけど、まさかショックで寝込んでたんじゃないでしょうね？」

「ショックだって？　僕もきみ同様、なかなかショックを受けないたちなんでね」

「それじゃ、気分を害してたっていうところかしら。結婚しないで同棲《どうせい》するっていったかしら？」

「というより、後悔してたんだよ。いっそのこと、あのときけんか別れしてたほうがよかったって」

「そうかもしれないわね。あなたはまだ怒ってるんでしょう？」

「ああ。きみの決心も変わらないんだろう？」

「ええ」

ダニエルは物思いにふけりながら葉巻を取り出し指先でそれを一回なでてから火をつけた。こういう膠着《こうちゃく》状態のときには、相手にしゃべらせるにかぎる。そうすれば、相手が何を考えているか、だんだん見えてくる。ダニエルは葉巻をひと口吸い、ゆっくりと煙をくゆらせた。「それじゃ、何しにここへ来たんだい、アンナ？」

「これ以上あなたに会わずにいられなくなったからよ。ご迷惑かしら？」

ダニエルはじれったそうにため息をついた。やっぱりビジネスの原則を個人的な問題に当てはめるのは無理か。まあ、いいさ。要は勝てばいいんだから。「自分が結婚したいと思ってる女性にいっしょにいたいといわれて、迷惑がるのは難しいな」

「でしょう？」アンナは立ち上がり、むだだと知りながらスカートのしわを伸ばそうとした。「だったら、今夜わたしといっしょに食事をしてね」

ダニエルは警戒するように目を細めた。「男っていうのは、自分から誘うのが好きなんだけどね」

アンナはため息をつき、軽く首を横に振ると彼に近づいた。「また、自分が何世紀に生きているのか忘れたのね。七時に迎えに来るわ」

「きみが？」

「七時に迎えに来るわ」アンナは背伸びをしてダニエルの唇にキスした。「ブランデーをごちそうさま、ダニエル。お仕事中、おじゃまさまでした」

ダニエルはしばらくあっけに取られていたが、ふと我に返ると、ドアに向かって歩いていくアンナを呼び止めた。「アンナ」

アンナはかすかにほほ笑みながら振り向いた。「なあに？」

僕を挑発する気だな。ダニエルはアンナの笑顔を見て、そう思った。でも、ここで挑発に乗ってけんかをしたら、元も子もなくなる。そう自分にいい聞かせながら悠然と葉巻をくゆらせた。「七時半にしてもらえないかな。夕方から会議があるもんでね」

アンナは、一瞬疑うような顔をしてからうなずいた。「いいわ」

アンナはドアを後ろ手に閉めると、それまでためにためていた息を一気に吐き出した。

ダニエルはといえば、初めはにやにやしてから、やがてくすくす笑い出し、最後は大声で笑った。勝負を受けて立つのは大好きだったし、まずはアンナのお手並み拝見というところだったが、いずれは自分が勝つという自信があった。

アンナが家にたどり着いたころには、雨は霧雨に変わっていた。家の中は空っぽだったが、まだ母の香水の香りが廊下に漂っていた。よかったわ、ひとりきりになれて。アンナはほっと胸をなでおろし、二階へ行くと熱い風呂に長々とつかった。まずは自分が先手を取ったと思うと急に楽しくなり、新たな自信もわいてきた。

初めからダニエルにへたな小細工が通用するとは思っていなかった。逆に正面切って交渉すれば、必ず応じてもらえるという確信もあった。問題は、自分の本心をいかに彼に見透かされないようにするかだった。

ほんとうは、ダニエルのいいなりになってもいいんだわ。アンナは目をつぶったままスポンジを絞り、喉もとやバストに熱いお湯をしたたらせた。もし彼がそれに気づいて、わたしを追いつめれば、潔く覚悟を決めよう。そうなったら、あの人は容赦なくわたしを押さえつけるだろう。ただのお人よしだったら、今みたいな成功は収めていないはずだ。でも、わたしだって負けてはいられない。大事な一生がかかっているのだ。

ダニエルを迎えに行ったら、静かに夕食をして気楽な会話を楽しもう。コーヒーを飲みながら、今の事態について話し合う。もちろん冷静に。話し合いが終わらないうちに彼はわたしの気持ちも立場もわかってくれるだろう。アンナはため息をつき、バスタブに深く身を沈めた。自分をごまかすのもいいかげんにしなさい。ダニエルと夕食をして、そんなことですむわけないじゃないの！

ふたりとも口角泡を飛ばしてしゃべりまくるに決まってる。もしかしたら、ヒステリックな笑い声を何度もあげて。ダニエルはどなるだろう。そうなったら、わたしもどなり返してやる。そのあげくに、結局彼はわたしと結婚したいということ以外、何もわかってないってことになるんじゃないかしら。

そう思ったとたん、アンナの胸は軽くうずいた。でも、とにかくあの人はわたしを求めてる。あの人みたいな目つきをしてわたしを見つめてくれる男性には、もう一生出会えないかも。わたしの情熱をあれほどかきたててくれる男性には。もしそうだとしたら、わたしの人生ってどんなふうになるのかしら？　無味乾燥。アンナはとっさにそのことばを思い浮かべて、苦笑した。でも、絶対にそうはさせない。わたしはダニエル・マクレガーが欲しいんですもの。彼を手に入れるんですもの。

自信を持ち続けることも闘いの一部なのだ。アンナはバスタブを出ながらそう自分にいい聞かせ、タオルを髪に巻きつけると、バスローブにくるまった。

クローゼットを開け、顔をしかめながら中身を点検する。いつもなら、その夜の装いにはどんなドレスがふさわしいかすぐにわかるのに、今夜は、どのドレスを取り出しても、派手すぎたり地味すぎたり平凡すぎたり思えるのだ。

しまいには、アンナは自分の優柔不断さにほとほと嫌気がさし、淡いグリーンのドレスをつかむと、ベッドの上に置いた。そのドレスはひどくシンプルだったが、ひょっとしたら、それが今夜にいちばんふさわしいかもしれなかった。もし、派手なドレスが着たいんなら、マイラのクローゼットをあさっておけばよかったのだ。そう思っているところへ、ドアのチャイムが鳴った。とんだじゃまが入ったわ。柄にもなく不作法なことを思ったが、すぐに反省し、階下へ下りた。

ドアを開けると、マイラが威勢よく飛び込んできて、いきなりアンナの両手を握りしめた。「ああアンナ、あなたが家にいてくれてよかったわ」

「マイラ、今ちょうどあなたのことを考えていたのよ」アンナはそういってから、ただならぬ友の気配に気づいた。「ところで、何かあったの?」

「あなたに話があるのよ」マイラは珍しく真剣な目つきをした。「あなたひとりなの? ご両親は?」

「留守よ」

「よかった。まず飲み物が欲しいわ。ブランデーをちょうだい」

「いいわよ」アンナはにっこり笑い、マイラを応接間に案内した。「すてきな帽子ね」

「そう?」マイラはオフホワイトの帽子とベールを気づかわしげに触った。「派手すぎないかしら?」

「派手すぎるですって？」アンナはブランデーをダブルで注《つ》いだ。「おかしいわね。あなたが派手すぎないかなんてきいたことがあったかしら？」

「嫌味をいわないでよ、アンナ」マイラは鏡に向かい、ベールをいじった。「もしかしたら、この羽根は取ったほうがいいかもね」

アンナは、マイラの耳の上でカールしている小粋《こいき》な羽根をちらっと見た。「何か変ね」

「ドレスはどう？」マイラは鮮やかな赤のレインコートを脱ぎ、襟と袖口《そでぐち》にレースをあしらったシルクのスーツを見せた。

「すばらしいわ。おニューなの？」

「二十分前に買ったばかりよ」

アンナは椅子の腕にちょこんと腰かけ、マイラがブランデーを飲みほすのを待った。

「わたしのために、そんなおめかしすることないのに」

マイラはほっと息を吐いて肩をそびやかすと、空っぽのブランデーグラスを下ろした。

「冗談をいってる場合じゃないのよ」

「それはわかってるわ」アンナはほほ笑みながらいった。「でも、何をしている場合なの？」

「何分あれば、旅行鞄《かばん》に荷物をつめられる？」

「荷物ですって？　いったい何があるっていうの、マイラ？」

「わたし、結婚するのよ」マイラは早口でいうと大きく息を吐き、ソファーにどさっと腰を下ろした。

「結婚ですって？」アンナはあわてて椅子に腰を下ろした。「マイラ、あなたがせっかちだってことは知ってるわ。それにこの二、三週間はあんまり会わなかったけど、まさか結婚だなんて……」

「結婚て聞くたびに息が止まりそうになるけど、もうそろそろよすわ。さっきもブティックの店員に支離滅裂なことを話してきたばかりなのよ。もう二度とあんなまねはしたくないわ。自分が笑いものになるだけですものね」

「結婚ですって？」アンナはまだ信じられなくて、同じことばを繰り返した。「でも、だれとなの？　ピーター？」

「まさか。もちろん違うわ」

「でしょうね。わかったわ。ジャック・ホームズね」

「ばかなこといわないでよ」

「スティーブン・マーロー」

マイラはスカートの裾《すそ》をいじった。「アンナったら。彼のことなんて、ほとんど知らないのよ」

「ほとんど知らないですって？　でも、半年前にはあれほど……」

「あれは半年前のことよ」マイラは柄にもなく顔を赤らめ、いきなりアンナをさえぎった。「だから、彼のことについてわたしが手紙に書いたことは、この際忘れてもらえるとありがたいわ。ついでに、あのときの手紙を全部焼き捨ててもらえるとなおありがたいんだけど」

「マイラ、あの手紙は読んだ直後に燃やしちゃって、もうないわ。なんなら、不燃紙を使えばよかったのに」

マイラは思わずにやりとした。「とにかく、わたしは婚約したのよ。あのころのことはみんな忘れたわ。ほら、見て」興奮に息を弾ませながら、左手の薬指を見せた。

「まあ」日ごろ宝石には無頓着《むとんちゃく》なアンナも、マイラの指を飾っているシンプルなスクエアカットのダイヤモンドの美しさに、思わず目をみはった。「きれいね、マイラ。ほんとうにきれいだわ。でも、あなたを祝福していいのかしら？　まだお相手がだれだかわからないのに」

「ハーバート・ディトマイヤーよ」マイラはアンナの驚く顔を楽しみにしながら答えたが、案の定アンナは目をぱちくりさせた。「わかるわ、わたし自身も驚いてるくらいだから」

「意外だわ。あの、つまり、あなたはいつもいってたじゃない？　彼は……」アンナはいいよどんで、せき払いをした。

「堅苦しい人だってね」マイラはアンナに代わってそういうと、優しくほほ笑んだ。「確かに、彼ってそうだわ。堅苦しくて生まじめで、いらいらするほど礼儀正しいの。でも、わたしが今まで出会ったなかでいちばん優しい男性でもあるのよ。この二、三週間で――」そういったところで改めて座り直し、夢見るような目をした。「自分を特別扱いしてくれる男性がいるってどんなことか、よくわかったわ。最初は、彼が苦心惨憺《さんたん》して誘うものだから、同情してデートしたのよ。それにちょっぴり得意でもあったしね。でも、二度目は、一度目がとても楽しかったからしたの。ここだけの話だけど、ハーバートってけっこうおもしろいのよ」

アンナは、マイラの潤んだ瞳を感動して見つめた。「知ってるわ」

「そういえば、あなたたちずっと仲よしですものね。彼があなたに恋をしなくて、わたしはラッキーだったわ。実をいうと、彼はずっと前からわたしに恋をしてたんですって」マイラは軽く頭を左右に振り、バッグからたばこを一本取り出した。「三週間ほどデートしてから、彼にそう打ち明けられたの。最初聞いたときはびっくりして口もきけなかったけど、結局、こんなに優しい人を傷つけたらばちが当たると思ったのよ。それから、この感激はいつまでも忘れたくない、わたしはこの人に夢中なんだとも思ったの。変かしら？」

「いいえ、すばらしいと思うわ」

「わたしもよ」マイラはまだひと口も吸ってないたばこの火をもみ消した。「そして今夜。今夜、彼はわたしの指にこの指輪をはめてこういったの。八時にメリーランドへ飛んで結婚しようって」

「今夜ですって！　またずいぶん急なのね」

「どうして待つの？」

「どうしてって……気は確かなの？」

「生まれてこの方、これほど気が確かだったことはないわ。わたしを祝福してちょうだい、アンナ」

「ええ」アンナは涙で目を潤ませながらマイラを抱き締めた。「もちろんよ」

「それじゃ、ドレスに着替えて」マイラは半ば笑い半ば叫びながら、アンナを押しのけた。

「わたしの付き添い役をしてもらうわ」

「つまり、わたしにも今夜メリーランドへ行けっていうの？」

「彼のお母さまを説得するのは無理だから、ふたりで駆け落ちすることにしたのよ。なにしろ、彼女はわたしを毛嫌いしてるし、恐らく永久に好きになってくれそうもないから」

「まあ、マイラ……」

「そんなこと、どうでもいいのよ。彼とわたしは愛し合ってるんだから。いずれにしろ、わたしは盛大な結婚式なんて望んでないの。時間がかかりすぎるから。でも、親友の出席しない結婚式は挙げたくないわ。ほんとうにあなたが必要なのよ、アンナ。世界中のだれよりも。もしあなたに出席してもらえなかったら、死んじゃうわ」

それほどまでにいわれると、アンナは何もいえなかった。「二十分以内に、服を着替えて荷造りするわ」

マイラはにっこり笑い、アンナをもう一度抱き締めた。「あなたのことだから、きっとそうしてくれると信じてるわ」

「両親に書き置きを書かせてね」アンナはもうペンを握っていた。

「まあ、アンナ――」マイラはとまどったような顔をした。「正直なあなたのことだから、嘘《うそ》をつくのは嫌でしょうけど、メリーランドへ行く目的だけは伏せておいてくれない？ハーバートのお母さまに知らせるまでは秘密にしておきたいのよ」

アンナは一瞬考え込んでから書き出した。〈マイラとちょっと旅行に行ってきます。アンティークの買い物に。一日か二日したら戻ります。アンナ〉

「これでいいかしら？」そういいながら、マイラにメモを見せた。

「完璧《かんぺき》よ、ありがとう」

「さあ、手を貸して」アンナは廊下を駆け出しながら、ふと思い出した。「そうだわ。ダニエルに電話して、約束を断らなくちゃ」

「ダニエルって、ダニエル・マクレガーのこと？」マイラは思いっ切り眉を上げた。

「そうよ」アンナはマイラのいぶかしげな表情を無視して、電話に向かった。「今夜はいっしょに食事できないって伝えなくちゃ」

「彼とだったら、メリーランドでいっしょに食事ができるわよ」マイラはアンナの手から受話器を取り、元に戻した。「ハーバートが新郎の付き添い役を彼に頼んだんですもの」

「そうなの」アンナはさりげなくバスローブをなでた。「だったら、話は簡単ね」

「とてもね」マイラはにやりとし、アンナを階段の上に引き上げた。

9

アンナは生まれて初めて飛行機に乗った。二十歳のとき豪華客船でヨーロッパへ旅行した経験があるし、列車にがたごと揺られて過ぎゆく車窓の風景を楽しみながら、何百キロと旅をした経験もあったが、空を飛ぶのは今度が初めてだった。

だから、ブリキのおもちゃそっくりのちっぽけな自家用プロペラ機に乗れといわれたときには、その安全性がまったく信用できず、こんなもので無事目的地へ着くのかと、ひどく不安になった。

これも愛するマイラのためだ。アンナは歯を食いしばってタラップを踏み、機内に乗り込んだ。

「いい飛行機だろう?」ダニエルはアンナを席に着かせてから自分も席に着き、そういった。

「いいわね」アンナはそうつぶやきながら、パラシュートの置き場所をそれとなく目で探した。

「飛行機に乗るのは初めてかい？」

「ええ」

「冒険だと思えばいいさ」

アンナは、飛行機がまだ離陸していないかどうか確かめるために、恐る恐る窓の外をのぞいた。「何も考えないことにしてるのよ」

「そんなに怖がるなんて、きみらしくもないな。きみはもっと度胸があったはずだよ。最初は冒険だと思って乗ればいいんだよ。何回か乗るうちにだんだんと慣れてきて、何も考えなくなるから」

「そういえば、あなたは飛行機には慣れてるんだったわね。ニューヨークへ行くときはこの手の飛行機を使うの？」

ダニエルはくすくす笑いながらアンナのシートベルトを締め、それから自分のを締めた。

「僕はいつもこれに乗ってニューヨークへ行くんだよ。これは僕の飛行機だからね」

「まあ」アンナはとたんにほっとした。ダニエルの飛行機なら安全に違いないと、なぜか思った。「それで、いつ出発するの？」

「やれやれ」ダニエルは小声でつぶやき、パイロットに合図をした。とたんにエンジンが轟音《ごうおん》を立てた。

アンナはすぐにくつろいだが、今夜の主役のマイラとハーバートの場合はそうはいかなかった。マイラは例の調子で笑ったりしゃべったりしていたが、よほど緊張しているのかしきりにレースのハンカチをひねっているし、やや青ざめた顔をしたハーバートはよほどぼうっとしているのか、人からつっつかれたときしか口をきかない。

ダニエルはそんなふたりの緊張をほぐそうとしてしきりにジョークを飛ばし、マイラと軽口をたたき合った。初めのうち、夢見心地で眼下の景色を眺めていたアンナは、ダニエルとマイラのやり取りを聞いているうちに彼の真意にようやく気づき、自分も彼を見習うことにした。

「あなたっていい趣味してるのね、ハーバート」

「え？」ハーバートはごくりとつばをのみ、タイを締め直したが、すぐにアンナのいわんとすることに気づき、マイラをいとおしそうに見た。「やあ、ありがとう。彼女って、すばらしいだろう？」

「最高よ。マイラがいなかったら、わたしもずいぶん退屈な人生を送っていたと思うわ」

「僕たちみたいなまじめ人間には、多少ちゃめっけのある人間が必要だとは思わないかい？」ハーバートは神経質そうにほほ笑んだ。「そうでないと、仕事に埋没して世の中には仕事以外のことがあるのを忘れてしまうからね」

アンナは、まじめ人間といわれて意外だったが、すぐにハーバートのいうとおりかもしれないと思い直した。「それに、いたずら心のある人間には、彼らが断崖《だんがい》から飛び降りないように見張っててくれる、まじめ人間が必要なのよ」

小さな自家用飛行機はメリーランドのひなびた空港に着陸した。霧雨の降りしきるぐずついた天気は遠のき、ここメリーランドの夜空は鏡のように晴れ渡っている。きらきらまたたく満天の星といい、柔らかい光を放っている月といい、結婚式にはおあつらえ向きの幻想的な光景だ。

ハーバートはマイラの腕を取り、小さなターミナルへと向かった。「式を挙げてくれる治安判事がここから四十キロほどの所に住んでるんです。タクシーかハイヤーを調達しますから」

「その必要はないさ」ターミナルへ入ると、ダニエルは辺りをすばやく見回し、制服を着た長身の運転手に合図をした。

「マクレガーさんですか?」と運転手。

「そうだ。ハーバート、彼に行き先をいってくれないか。悪いけど、僕のほうで勝手に車を手配させてもらったんだよ」

運転手は手際よくスーツケースをかき集め、先頭に立って歩き出した。外の車寄せにはパールグレーのリムジンが駐《と》まっていた。

「きみたちがプレゼントを買う時間もくれなかったものだから、僕にはせいぜいこれくらいのことしかできないんだよ」ダニエルがいった。

「せいぜいだなんて」マイラは大声で笑いダニエルに抱きついた。「これ以上いうことないわ」

ダニエルはマイラを抱きながら、彼女の頭越しにハーバートにウインクした。「こまかいところに気がつくのが、勝利の秘訣《ひけつ》だね」

アンナは、マイラとハーバートが車に乗るのを待つあいだ、ダニエルにいった。「ずいぶん気がきいてるのね」

「そうさ、僕は親切だからね」

アンナは笑いながらいった。「そうらしいわね。でも、わたしはあなたの親切を当てにしないわ」

車の中では、マイラがもうハーバートと腕を組んでいた。「シャンパンが二本もあるのね」

「前祝い用に一本」ダニエルはアイスペールからボトルを一本取り出した。「本番用に一本だよ」そういいながらコルクの栓を威勢よく抜き、四つのグラスにシャンパンを注《つ》いだ。

「幸せを祈って乾杯」

四つのグラスは厳かに触れ合い、かすかな音色を立てた。アンナは、シャンパンを飲みながら自分をじっと見つめているダニエルを見て、まだ冒険が終わっていないことに気づいた。

目的の小さな白い家に着くころには、シャンパンも緊張感も跡形もなく消えていた。ようやくいつもの調子を取り戻したマイラは、そばでアンナに帽子を持たせたまま、廊下のはずれにある化粧室でヘアースタイルとメークを直した。

「どう?」マイラはくるりと一回転してみせた。

「とてもきれいよ」

「日ごろ美貌《びぼう》とは縁遠いわたしだけど、今夜だけは我ながらほぼ美人に近づいたと思うわ」

アンナはマイラの肩をつかみ、彼女を鏡に向かわせた。「何をいってるの。今夜のあなたはとてもきれいよ。よく見てごらんなさい」

マイラは鏡に映るふたりの姿を見ながらにっこりした。「彼はわたしをほんとに愛してくれてるの」

「ええ。あなたたち、きっと、すばらしいカップルになるわ」

「ええ、そのつもりよ」マイラはくるりとアンナに振り向き、彼女の両肩をつかんだ。「おセンチなことというようだけど、結婚は一生に一度しかしないつもりだから今が潮時みたい。親友のあなたにも今の幸せをいっしょにかみしめてもらいたいわ」

「もう、とっくにかみしめてるわよ」

マイラは満足そうにうなずいた。「それならいいのよ。さあ、行きましょう。それと――」ドアのノブに手をかけたまま立ち止まった。「もしわたしがつっかえても、だれにもばらさないでね。特にキャスリーン・ドナヒューには」

「絶対にだれにもいいません」アンナは胸に手を当て、わざとまじめくさった調子で答えた。

大理石の小さな暖炉があり、夏の花々で飾られた広間で、アンナは親友たちが永久《とわ》の愛を誓うようすをじっと見つめていた。目に涙があふれたが、泣くのはばかげていると思い、まばたきした。

一人前の男女が法的な契約を取り交わす儀式を見ながら涙を流すなんて、ばかげている。結婚なんてしょせん契約なのだ。そう自分にいい聞かせたが、それでも涙はぽろりとこぼれ落ち、頬を伝った。ダニエルにそっと手渡されたハンカチを顔に当て、すすり泣いているうちに式は終了し、気がついたときにはマイラをしっかり抱き締めていた。

「やったわ」マイラはつぶやき、そして声をあげて笑うと、骨が砕けんばかりの勢いでアンナを抱き締めた。

「それに、一度もつっかえずにね」

「やったわ」マイラはもう一度そういい、左手をあげると、ダイヤモンドの指輪の隣にはめた金の結婚指輪をうっとりと眺めた。「たったの五時間で婚約と結婚を一挙にやってのけたのよ」

「ディトマイヤー夫人」ダニエルはそういいながらマイラの左手を取り、うやうやしくキスした。

マイラはくすくす笑いながら彼の手を握った。「そう呼ばれたらすぐに返事ができるようになりたいから、今夜は何度でもそう呼んでね。ああ、アンナ、涙がこぼれてマスカラが流れそうだわ」

「だいじょうぶよ」アンナは、すでにくしゃくしゃになっているダニエルのハンカチをマイラに渡した。「ハーバートがそばにぴったりとついていてくれるから」そういうと、ハーバートを両手で抱き締めた。

「それに、マイラも僕のそばにぴったりとついていてくれるんだよ」ハーバートは楽しそうに笑いながら、アンナを抱き締めた。

「彼女のせいで、あなたの人生も複雑になるわよ」

「わかってるさ」

「でも、それってすばらしいことじゃない？　ところであなたたちはどうか知らないけど、わたしはおなかがぺこぺこだわ。結婚式の晩餐《ばんさん》はわたしのおごりにしてちょうだい」

四人は、治安判事に勧められたとおりに、木々に囲まれた小高い丘の上にある小さな古びたホテルに行った。ホテルのレストランはすでに閉まっていたが、四人は主人をなんとか説得して店を開かせ、もう眠っているコックをたたき起こしてもらうことに成功した。アンナは、手を洗いたいからといって三人と別れ、ホテルの主人を待ち伏せした。「ポーターズフィールドさん、今夜は泊めていただけることになって、なんとお礼をいっていいかわかりませんわ」

夜遅くに訪ねてこられて、多少機嫌を損ねていた主人は、アンナにつられて思わずほほ笑み返した。「うちはいつだってお客さまを歓迎します。ただ、あいにくとキッチンを九時に閉めるもので、うちの評判にふさわしいお料理をお出しできないかもしれないんですよ」

「ご心配には及びませんわ。わたしの友だちにとっては、今夜の食事が一生でいちばんおいしいごちそうになること請け合いなんですから。だって、あの人たちは今からたった三十分前に結婚したばかりなんですもの。つきましては、あなたにご相談があるんです」

「新婚さんですか」主人はとたんに和やかな目をした。「新婚の方なら、なおさら歓迎しますよ。でも前もって知らせておいていただければ――」

「決してぜいたくはいいませんわ。ところで、ディトマイヤーさんがボストンの地方検事だっていうことは、お話ししましたっけ？　彼はハネムーンから戻ったら、このホテルのすばらしさを町中に吹聴《ふいちょう》して回るに決まってますわ。それに、マクレガーさんだって――」アンナはそこまでいうと、意味ありげに声をひそめた。「彼がどういう人かは、わたしからいうまでもありませんわね？」

　主人はマクレガーがどんな人物か全然知らなかったが、さぞや大物だろうと思い、緊張した面持ちで答えた。「もちろんですとも」

「彼みたいな地位のある人は、こんな静かなホテルでのんびりできることなんてめったにないんです。心温まる家庭料理と新鮮な田舎の空気が満喫できるこのホテルを、彼はとても気に入ったようですよ。ところでポーターズフィールドさん、レコードプレーヤーはお持ちですか？」

「レコードプレーヤー？　わたしの部屋にひとつありますがね……」

「よかったわ」アンナは主人の手をそっとたたき、もう一度ほほ笑んだ。「わたしに協力してくださるでしょう？」

　十五分後にアンナがレストランに戻ると、テーブルの上にはかりかりのパンとバターが載っているだけだった。

「どこへ消えてたんだい？」アンナが席に着くなり、ダニエルがいった。

「ホテルの人とこまかい打ち合わせをしてたのよ。花嫁と花婿のためにね」

　全員で乾杯したあと、マイラが笑いながらいった。「今ハーバートにいってたところなのよ。わたしたちがコックを雇うまでは、こんなにたくさんのごちそうにはありつけないわよって」

ハーバートはマイラの手を取り、唇に当てた。「僕は、きみの料理の腕を見込んで結婚したわけじゃないんだよ」

「それはいいことだわ」アンナはそういってからつけ足した。「マイラはお料理の才能はゼロなのよ」

そのとき、眠そうな顔をした十五歳くらいの少年が、野生の花々を生けた花瓶を持ってきた。花びらに露がかかっているところを見ると、花は今しがた摘み取ったばかりらしい。

「まあ、きれい」マイラはさっそく一本抜き取り、香りをかいだ。

少年がのろのろとテーブルを部屋の隅まで運んでいると、プレーヤーをかかえたポーターズフィールドがよたよたと部屋に入ってきた。

それからしばらくして音楽が始まった。

「さあ、まずはディトマイヤーご夫妻どうぞ」アンナはにわか造りのダンスフロアを手で示しながらいった。夫妻がダンスを始めると、ダニエルはちぎったパンにバターを塗り、アンナに手渡した。「ずいぶん短時間に手際よくさばいたね」

「これはほんの序の口よ」アンナはそういい、パンをぱくりと口にほうり込んだ。

「今夜きみから食事に誘われたとき、まさかメリーランドの田舎のホテルで食事しようとは想像もしなかったよ」

アンナはパンをもうひと切れちぎり、バターを塗ると、ダニエルに手渡した。「わたし自身は、もう少し家の近くでするつもりでいたのよ」

「彼ら、幸せそうだね」

アンナは、ちっぽけなフロアーでほほ笑みを交わしながら踊っているハーバートとマイラをちらっと見た。「ほんとね。不思議だわ。ふたりが結婚するなんてただの一度も思ったことがないのに、こうしていっしょにいるところを見ると、お互いに申し分のないカップルに見えるんですもの」

「対照的なふたりがいっしょになれば、人生は何倍も楽しくなるんだ」ダニエルはアンナの手のひらに自分のそれを重ねた。

「わたしもそう思うようになったわ」アンナはダニエルの指に指をからませた。「つい最近ね」

そのとき、ポーターズフィールドが満面に笑みを浮かべながらサラダを運んできた。

「これなら、ご満足いただけるでしょう。材料は全部、我が家の庭で採れたものばかり、ドレッシングも我が家秘伝のものですから」そういいながらサラダを各自の皿に取り分けると、手早く花を生け直し、部屋を出ていった。

「あの男だいぶ明るくなったね」ダニエルがいった。

「当然よ」アンナは、主人の機嫌を取るために札びらを切ったことを思い出し小声でそうつぶやくと、物思いにふけるような顔をしながら、サラダをフォークに刺した。「ダニエル、昼間あなたがいってたローンのことなんだけど――」そういって、サラダを口に運ぶ。前宣伝どおり味は抜群だ。「もしかしたら、用立ててもらうかもしれないわ。わたしたちがボストンに戻るまでのあいだ」

ちゃめっけたっぷりなアンナの目を見てすぐに事情を察したダニエルは、大声で笑ってから両手で彼女の顔を挟み唇にキスした。「きみにかぎって特別利息はただにしてあげるよ、アンナ」

ホテルにたった二本しかない取っておきのシャンパンと、舌の上でとろけるような柔らかいポットローストが出され、ビリー・ホリデイのレコードがしゅーしゅーと摩擦音を立てながら鳴っていた。ダニエルがマイラをにわか造りのダンスフロアに連れ出すと、マイラは出し抜けにいった。「アンナを愛してるんでしょ？」

「ああ」ダニエルは率直に答えた。

「これからどうするつもりなの？」

ダニエルはマイラを見下ろし、唇をゆがめた。「きみには関係ないことだよ」

「あ、そう。でも、いずれにしろわたしは探り出すわよ」

ダニエルは一瞬考えてから、マイラを味方につけたほうが得だと思い直した。「僕は今夜にでもアンナと結婚したいのに、彼女がひどく頑固でね」

「それと頭がいいしね。ああダニエル、あなたのことはほんとに好きよ。初対面でそう思ったわ。でも、わたしってひと目見ただけで、その人が強引かどうか見分けがついちゃうのよ」

「似た者同士だからね」

「そのとおりよ」マイラは彼のことばを侮辱と受け取るどころか、かえってうれしそうな顔をした。「アンナは近い将来お医者さまになるのよ。いずれは州きっての名外科医になるかもしれないわ」

　ダニエルはしかめっ面をした。「医者の世界について、どれぐらい知ってるっていうんだい？」

「アンナについて知ってるのよ。それに男性のことも多少はね。だから、彼女が医者になるのをあなたが喜ばないってことも察しはつくわ」

「僕は妻が欲しいんだ。メスを振り回す女が欲しいわけじゃない」

「もしあなたが盲腸を切る必要に迫られたら、もう少し外科医を尊敬するんでしょうけどね」

「妻に腹を切ってもらおうなんて思わないさ」

「もしアンナが欲しいなら、もう少し彼女の生き方を尊重したほうがいいわ。ところで、彼女にはもう結婚を申し込んだの？」

「きみって、詮索《せんさく》好きなんだね」

「もちろんよ。申し込んだの？」

「……ああ、申し込んださ」

「それで？」

「結婚するつもりはないけど、いっしょに暮らしてもいいっていわれたよ」

「なかなかいい考えね」

ダニエルは、指輪をはめたマイラの手を目の前に引き寄せた。

「あら、それとこれとはまるで話が違うわ。わたしは、ハーバートがありのままのわたしを認めてくれたから、結婚したんですもの」

「どんなきみをだ？」

「詮索好きで、おせっかいやきで、派手好きで、野心家のわたしをよ。だから、わたしも彼のすばらしい奥さんになるつもりなの」

「きみなら、きっとなれるさ」

ふたりがダンスを終え、ダニエルがマイラのために椅子を引いたちょうどそのとき、ポーターズフィールドが白い粉砂糖とピンクの薔薇《ばら》のつぼみで飾ったレアケーキをワゴンに載せてやってきた。

ポーターズフィールドは愛嬌《あいきよう》たっぷりに笑いながら、マイラに銀のナイフを持たせた。

「おふたりが末永く幸せな結婚生活を送られますように、当ホテルから心ばかりのお祝いをさせていただきますよ」

「ありがとう」マイラは今にも泣き出しそうな顔をしながらナイフの柄を握ると、ハーバートが手を重ねるのを待った。

シャンパンのボトルが空になり、ケーキも残りかすだけになると、アンナはバッグから鍵《かぎ》を取り出しハーバートに手渡した。「もうひとつプレゼントがあるのよ。新婚用のお部屋」

ハーバートはにっこりと笑って鍵をポケットにしまった。「こんなちっぽけなホテルに、そんな部屋があるなんて知らなかったな」

「ほんの二、三時間前にできたばかりなのよ」アンナは新郎新婦を抱き締めると、肩を並べて歩いていくふたりの後ろ姿を見送った。

「なかなかやるじゃないか、アンナ」

「そう思う？」計画の成功に気をよくしたアンナは、ほほ笑みながらもう一度バッグの中に手を入れた。「もうひとつ鍵を持ってるのよ」

ダニエルは、アンナの手のひらに載った鍵をちらっと見た。「それはちょっとばかり問題だな」

アンナはぱっと眉を上げ、いきなり立ち上がった。「気に入らなかったら、もう一度ポーターズフィールドを起こしに行くといいわ。別の部屋を取ってもらえるでしょうから」

ダニエルも立ち上がり、アンナの手首をつかむと鍵をひったくった。「ここでいいさ」

ふたりは踊り場に取りつけられた薄暗い照明を頼りに、かすかにきしむ階段を無言で上がった。通り過ぎる部屋のドアはすべて閉ざされ、ホテルの中はしんと静まり返っていた。

アンナは息を弾ませ、目を閉じたまま満ち足りた表情でダニエルに抱かれていた。ダニエルのにおい、熱い肌の感触、耳もとをくすぐる荒々しい吐息、体に回されたたくましい腕、そのどれもが心地よく、いつまでも離れたくなかった。

ああ、ずっとこうしていたい。もし、これ以外に何もする必要がなかったら、絶対にそうするつもりよ。今彼に頼まれたら、いいえ、たとえ居丈高に命令されたとしたって、今ならすべてをなげうって彼のいいなりになってしまいそう。

アンナがそんなことを思っていると、ダニエルが彼女の背中を大きくひとなでした。きみはもう僕のものだ。アンナはそういわれたような気がして一瞬ぞっとしたが、どうすることもできなかった。どんなに否定したくても、すでに自分が彼のものであることは、動かしようもない事実だった。

ダニエルは、アンナの小さな体がかすかに震えているのに気づいた。それがわかち合った情熱のせいだと思うとアンナがいとおしくてたまらず、この先彼女なしでは生きていけない気がした。

くそ、結局はきみのいいなりか。ダニエルはひそかにそうつぶやき、アンナを抱き寄せた。

「あした、僕の家へ引っ越してくるんだ」いきなりアンナの髪をつかみ、頭を後ろへ引っ張った。たとえアンナのいいなりになるにしろ、敗北を認めるつもりはなかった。「ボストンへ戻ったら、必要な物をまとめて荷造りするんだ。ひと晩だってきみなしでは過ごしたくないからな」

アンナはどう答えていいかわからず、黙ってダニエルを見つめた。相変わらず熱っぽい彼の目には、怒りがかすかにのぞいている。あれほど結婚にこだわっていたのに、なぜ急にこんなことをいい出すのかしら？　わからない人だわ。二、三週間やそこらで彼の扱い方を覚えるなんて、とても無理みたい。

「あした？」

「そうさ。あした僕の家に引っ越してくるんだ。何か文句があるのか？」

アンナはほんの一瞬考えると、ほほ笑みながらいった。「クローゼットに空きを作っておいてね」

10

アンナは、しかつめらしい顔をした執事マクビーに案内され、気づまりな思いで新居を一巡していた。肝心のダニエルは彼女の荷物をまだ二階に上げないうちに銀行から緊急の電話を受け、マクビーに後事を託してそそくさと出かけてしまったのだ。

最初はアンナも口実を見つけて病院へ戻ろうかと思った。無理をして午後から病院を早退したのに、のっけからおいてけぼりを食っておもしろくなかったし、新参者の身で多少の気後れもあった。

しかし、執事に従って階段を上がっていくうちにそんな気持ちはどこかへ消し飛び、代わりに負けん気がむくむくと頭をもたげた。不自然なほどぴんと伸ばした執事の背すじに何かしら拒絶のにおいをかぎ取ったからだ。

この人が反対者の第一号になるつもりなら、それでもいい。いずれは世間の白い目に慣れなければいけないのだ。アンナはきっぱりとそう決意し、力強く階段を踏みしめた。

「この階には、お客さま用のお部屋がいくつかございます」マクビーが低い声でいった。

「それに、マクレガーさまは何かと便利だからとここにもオフィスを置かれています」

「そうなの」

「ときどき遠方からお客さまをお迎えすることもありますので、客室のうち二部屋だけはいつでも使えるようにしてございます。こちらがマクレガーさまの寝室でございます」マクビーは分厚いドアを開けた。

その部屋はいかにもダニエルの好みらしく広かったが、ほとんど使われていないのではと思えるほど殺風景だった。なにしろ写真とか記念品とか、個人の生活をうかがわせる物が何ひとつ飾られていないし、窓のカーテンも糊《のり》がよくきいて、一度も開けられたことがない感じだ。四人はゆうに眠れるほどの巨大なベッドがあり、その足もとに自分の持ってきたバッグ類が置かれているところを見ると、やはりここはダニエルの部屋だと思わざるをえないのだが。

なぜかしら？　ダニエルが毎晩眠っている部屋なのに、まるであの断崖《だんがい》の上にいるような気分だ。アンナは一瞬そう思ったが、すぐに謎《なぞ》解《と》きをしてる場合ではないと気づき毅然《きぜん》としてマクビーに振り向いた。

「家事をだれがやるのか、マクレガーさんからはっきり聞いてないの。あなたがするの？」

マクビーはそれ以上伸ばしようがないくらい背すじを伸ばした。「メイドが週三回来ますが、それ以外の日はわたくしがいろいろ目配りしております。でも、マクレガーさまのお話では、あなたが変更を望まれるかもしれないとか」

ダニエルったら、今ここに現れたら首を絞めてやるところだわ。アンナは内心歯ぎしりしながら、何食わぬ顔でもう一度部屋を観察した。「何も変更する必要はないと思うわ。あなたは仕事ができるようだし、自分の値打ちもわかってるみたいだから」

マクビーはお世辞をいわれても、いっこうに態度を和らげなかった。「ありがとうございます。ところでほかのお部屋をご覧になります？」

「今はいいわ。荷物をほどきたいから」

「わかりました」マクビーはおじぎをし、ドアまで歩いた。「何かご用がございましたら、ベルをお鳴らしください」

「ありがとう。でも、その必要はないと思うわ」

ドアが閉まるや、アンナは巨大なベッドにどっと倒れ込んだ。とたんに、それまで脇《わき》に押しやってきたありとあらゆる疑問が一挙に噴き出し、完全に混乱してしまった。

わたし何をしたのかしら？　そうだわ、生まれ育った家を離れて引っ越してきたのよ。わたしの小さなアパートじゃなくて、大きな迷路みたいなこの家に、よそ者として。いわば侵略者ね。おまけに謹厳実直なマクビーにいわせれば不道徳で破廉恥な女。

おろおろしているママとあっけに取られているパパを置き去りにして、このとてつもなく大きな、がらんどうの家に引っ越してきたんだわ。ここでわたしの物といえるのは、ベッドの脚もとに置かれている鞄《かばん》だけなのよ。

アンナは、分厚い白のベッドカバーをゆっくりとなでた。きょうからは毎晩このベッドでダニエルといっしょに寝るのだ。彼といっしょに眠って、彼といっしょに目を覚ますのだ。さよならをいい合ってお互いの家に帰らなくてもいい。すぐそこにダニエルがいて、手を伸ばせば届くのだ。

わたしは何をしたの、後先も考えずに？　アンナはもう一度ベッドカバーをなで、はるか遠くの壁に張られた鏡に映っている自分を見た。巨大なベッドの上で青ざめ、目を不安そうに見開いている小さな自分を。

鏡には、すっきりした男性的な形のチェストも映っていた。アンナはかすかに足を震わせながら立ち上がりチェストまで歩くと、ぎこちない手つきでオーデコロンの瓶のふたを取った。すると、刺激的できりっとしたとても男性的なにおい、そうダニエルのにおいがした。とたんに彼女は安心し、瓶のふたをしっかりとした手つきで閉めた。

わたしは何をしたの？　アンナは最後にもう一度自分に問いかけた。わたしの望みどおりのことだわ。そう自分に答えると、軽い笑い声をあげながら荷ほどきにかかった。

部屋のあちこちに自分の荷物を納めるのに、さほど時間はかからなかった。荷物といっても、服と自分の部屋から持ち出したお気に入りの写真数点以外は大した物もないのだから、それも当然だ。それでも、自分の持ち物がこの部屋の一部を占領しているのだと思うとだいぶくつろぎ、なんとなく家にいるような気分になった。

そうだ。ここで暮らすとしたら、ドレッサーが必要だ。この部屋にある十九世紀の家具とマッチするドレッサーが。それにカーテンも、もう少しソフトで親しみの持てる物に替えたい。

アンナはそう思いながら、喜々として周囲を見回した。不思議なことに、たったそれだけの決心をしただけで急に元気がわいてきて、もしかしたら何もかも思いどおりになるかもしれないとさえ思った。

手始めにマクビーを説き伏せて、ベッドルームに置く椅子を調達することにした。それと読書用の電気スタンドも欲しい。アンナは廊下を歩きながら思った。できればわたしの勉強机も。

ほかの場所を思いつかなかったので、まっすぐキッチンへと向かった。ドアのそばまで行くと、中から男女の声がした。

「もしその娘さんがマクレガーさんのおめがねにかなったんなら、わたしも不満はないわ」強いスコットランドなまりの女の声がした。「何が不服なの、マクビー？」

「別に不服をいってるわけじゃないさ」マクビーは憤然として答えた。「結婚許可証も持たずに、この家に入るのはけしからんといってるんだ」

「ふん、くだらない。いつからあんたはそんな立派な口をきくようになったのかね？　あのマクレガーさんがへんな女を家に引っ張り込むわけないでしょうが。さあさあ、いつまでもくだらない話をしてないで、そろそろ仕事に戻ろうじゃないの」

アンナがこのまま戻ろうか、それとも中へ入ろうかとためらっているとき、中から女の悲鳴がした。彼女が急いで部屋へ駆け込むと、でっぷりと太った白髪の女とマクビーの足もとに血がぽたぽたと垂れ、血染めの包丁が転がっているのが見えた。

「わたしに見せて」

「ホワイトフィールドさん……」

「どきなさい！」アンナはついたしなみを忘れ、執事をじゃけんに押しのけた。ひと目見て、包丁がコックの手首に落ち動脈を一撃したのだとわかると、即座に自分の手を彼女の手首にあてがい、血が噴き出るのを押さえた。

「なんでもないんですよ、お嬢さん」コックはそういいながらも、涙をぽろぽろ流した。

「お騒がせして申しわけありません」

「しっ」アンナは乾いたリネンを取り、マクビーに向かってほうり投げた。「これを細長く裂いて。それから、わたしの車をこっちへ回してね」

執事は素直に命令に応じ、早速布巾《ふきん》を裂き始めた。

アンナは依然としてコックの手首をつかんだまま、彼女を椅子に座らせた。「じっとしてるのよ」

「血が……」コックは青ざめた顔をしながら、かろうじていった。

「いますぐに手当てをしてあげるわ」アンナは静かな口調でいった。こんなに太った人に気絶されたらあとがたいへんだと思いながら。「マクビー、その布をこの人の腕に巻いてちょうだい。ほら、ここよ」依然としてコックの手首を押さえたまま、止血帯を締める位置を彼に示した。「さあ、もう安心よ。ところで、お名まえは？」

「サリーです」

「サリー、目を閉じて楽にするのよ。マクビー、わたしの車を急いで回してちょうだい。運転はあなたがしてね」

「わかりました」マクビーはいつもの威厳はどこへやら、せかせかとキッチンから出ていった。

「さあ、サリー、歩ける？」

「やってみます。なんだか頭がぼうっとするんですけど」

「無理もないわ。つらかったらわたしに寄りかかってね。キッチンのドアを出るまでだから。五分もあれば病院に着くでしょう」

「病院ですって」アンナの手の下で、サリーの腕が震え出した。「病院は好きじゃありません」

「心配することはないわ。わたしがずっと付き添ってるから。そこはわたしの職場で、ハンサムなお医者さまもいるのよ」アンナはそういいながらゆっくりとサリーを立たせ、ドアまで連れていった。

ふたりがドアをくぐると、すでに待ち構えていたマクビーがサリーを抱きかかえた。

一体全体、みんなはどこにいるんだ？　ダニエルは空っぽの家の中で茫然《ぼうぜん》としていた。一刻も早くアンナの顔が見たくて、階段を二段ずつ駆け上がりベッドルームに飛び込んだのに、部屋はもぬけの空だった。クローゼットの中に彼女の服がかかっているところをみると、彼女がそこにいた形跡はあるのに、肝心の本人がいない。二階をすばやく点検してから、もう一度階下へ行くことにした。

「マクビー！」踊り場で立ち止まり、満身の力を込めてどなると階下をにらみつけた。冗談じゃない。アンナどころか執事まで失踪《しっそう》したっていうのか。「マクビー！」

ドアを次々にぐいと開けばたんと閉めながら、廊下を歩いていった。ブラスバンドで出迎えてもらおうとは思わないが、ひとりぐらい、僕の帰る時刻に家にいたっていいじゃないか。そんなことを思いながらキッチンに足を踏み入れたころには、怒りは頂点に達していた。

「みんな、どこへ行ったんだ！」

「そんなにどならないでくれる？」アンナが低い声でいいながら部屋に入ってきた。「今、彼女をベッドに寝かしてきたばかりなんだから」

「男ってのは、家でどなれるくらいでなければいけないんだ」ダニエルはそういってから、アンナのブラウスとスカートについている血しぶきに気がつき、さっと顔色を変えた。

「ああ、神さま！」そう叫ぶとあわててアンナに駆け寄り、抱き寄せた。「いったいどうした？ どこをけがしたんだ？ 病院に行かなくちゃ」

「病院なら行ってきたばかりよ」アンナがそういうが早いか、ダニエルは彼女をさっと抱き上げた。

「ダニエル、これはわたしの血じゃないわ。わたしはけがなんてしてないのよ、ダニエル！」アンナは彼がキッチンを出ようとするのをかろうじて押さえた。「けがをしたのはサリーよ。わたしじゃないわ」

「サリーだって？」

「あなたのコックさんよ」

「そんなことぐらい知ってるさ」ダニエルはかみつかんばかりにいうとアンナを強く抱き締め、ほっとため息を漏らした。「それじゃ、きみはけがをしてないんだね？」

「ええ、わたしはぴんぴんしてるわ」アンナがいい終わるか終わらないかのうちに、ダニエルはむさぼるようにキスをした。それはまるで今までの不安を一挙に吐き出すような激しいキスだった。

これほどまでにわたしのことを心配してくれたのね。そう思うと、アンナは胸がいっぱいになった。「ダニエル、あなたを驚かすつもりはなかったの」

「でも、僕はびっくりしたよ」ダニエルはまたキスをした。「サリーがどうしたって？」

「濡《ぬ》れた手で包丁を持ったものだから、包丁が滑り落ちて運悪く手首の動脈に当たったのよ。こんなに大量の血が流れたのはそのせいなの。ほうっておけば命取りになるので、マクビーといっしょに急いで彼女を病院に運んだのよ。今、彼女は休んでるけどあと二、三日は安静が必要ね」

ダニエルはこのとき初めて血染めの包丁と床に流れている血に気づき、ぶるっと身震いするとアンナをさらに強く抱き締めた。「彼女のようすを見てくるよ」

「いいえ、それはやめて」アンナはあわててダニエルを止めた。「彼女は今眠ってるのよ。あしたの朝まで待ったほうがいいわ」

彼女にもしものことがあったら、おれの責任だ。ダニエルはそう思いながら、また包丁を見た。「確かに彼女はだいじょうぶなのかい？」

「だいじょうぶよ。かなりの出血はあったけど、幸いわたしがちょうどドアの外にいたから応急処置がすぐできたの。さすがのマクビーも、わたしのすることを見ていて協力せざるをえなかったみたいだわ」

「それで、マクビーは今どこにいる?」

「わたしの車をしまってるのよ。あ、うわさをすれば影だわ」アンナは、キッチンのドアをくぐろうとしている執事を見ながらそういった。

「マクレガーさま」執事は部屋に足を一歩踏み入れて立ち止まった。顔色は多少悪いが態度は相変わらずきちんとしている。「ここはすぐに掃除させます。夕食は遅れるかと思いますが」

「わかってるよ。ところでホワイトフィールドさんの話では、きみはとても協力的だったそうじゃないか」

執事はちらっと視線を動かした。「わたくしなど大したお役に立てませんでした。ホワイトフィールドさんこそ、とても有能で勇気がおありです」

「ありがとう、マクビー」アンナは内心してやったりと思いながら、うわべはさりげなくいった。

「夕食のことは心配しないでいいよ。僕らでなんとかするから」

「ありがとうございます。それではおやすみなさい、お嬢さま」

「おやすみなさい、マクビー」キッチンのドアがふたりの背後で閉まった。「ダニエル、もうわたしを下ろしてちょうだい」

「嫌だね」ダニエルはそういうと、階段を上がり出した。「きみにこんな出迎えをされるとは思ってなかったんだから」

「わたしだってこんなふうに出迎えるつもりはなかったわ」

ダニエルは階段の途中で立ち止まり、アンナの首に鼻をすり寄せた。「ごめんよ」

「こうなったのは、だれのせいでもないわ」

「ブラウスが台なしになっちゃったね」

「まるでサリーみたいね。彼女ったら、病院へ行く途中ずっとそればかりいい続けていたのよ」

「新しいのを買ってあげよう」

「まあ、ありがとう」アンナは笑いながらいった。「ダニエル、ブラウスのことを心配するより、もっと大事なことがあるんじゃない？」

「あのいまいましい会議のあいだ、僕が何を考えていたかわかるかい？」

「いいえ、何を考えていたの？」

「きみと寝ることさ、僕たちのベッドで」

「そうなの」アンナはドアを押し開けるダニエルの首にかじりついた。「わたしが荷物をほどいてるあいだ、何を考えていたかわかる？」

「いいや、何を考えていたんだい？」

「あなたと寝ることよ、わたしたちのベッドで」

「それじゃ、さっそく実行に移そうか」ダニエルはまだ首にかじりついているアンナといっしょに白いカバーの上に倒れ込んだ。

ダニエルと寝食を共にすることは、アンナが想像していたよりはるかに簡単で、彼女にはそれまでの生活が彼と暮らすための予行演習だったようにすら思えた。といっても、初めの二、三週間はダニエルと歩調を合わせるのに苦心した。これまでも両親と暮らし学校で集団生活を送ってはきたものの、アンナは常にマイペースで行動しプライバシーを大切にしてきたからだ。

だから、朝目覚めたとき、隣にだれかがいるということにひどく違和感を覚えた。しかも、そのだれかが睡眠を時間の浪費とみなしているのだから、なおさらだ。そのだれか、つまりダニエルはベッドの中でいつまでもぐずぐずしていたり、コーヒーをだらだらと飲んでいたりはしない。なにしろ、彼にとっては朝は仕事を開始するためにあり、仕事は目を開けた瞬間から始まっているのだ。

そんなわけでアンナとダニエルの時間の歯車はまったくかみ合わず、アンナがコーヒーを飲みにぶらぶらとキッチンに下りるころには、ダニエルはすでに二杯目の、つまり最後のコーヒーを飲み終えていた。別れのあいさつはひどくそっけなく、ロマンティックなところはまるでない。アンナの頭がようやくすっきりするころには、ダニエルはすでにブリーフケースを小わきにかかえて家を出ているのだ。こんなハネムーンってあるかしら？

アンナはひとり寂しく朝食のテーブルに着き何度となくそう思った。

アンナが病院に着くころには、ダニエルはすでにフル操業していた。アンナがリネンをたたみ患者に本を読み聞かせるあいだに、ダニエルは株の売買をしたり企業の合併や乗っ取りのプランを立てている。アンナはダニエルと暮らしてみて初めて、彼が財界だけでなく政界にも大きな影響力を持っていることを知った。現に上院議員やニューヨーク州知事からの電話を彼女自身が取り継いだこともあった。

ダニエルはまたショービジネスにも手を伸ばし、著名なプロデューサーや駆け出しの脚本家から電報をもらうことがよくあった。それに、バレエやオペラ見物に行くことはめったになくても、芸術にも大きく貢献していた。アンナはそのことをうれしく思ったが、ダニエルにとっては芸術も投機の対象でしかないのだとわかると、多少がっかりした。

文化も政治も株式市場も不動産投機も、ダニエルにとってはみんなビジネスだった。仕事のやり過ぎではないかとアンナにきかれても、ダニエルは決まって彼女の頭を軽くたたき、それを受け流した。アンナはそうされるたびに子ども扱いされているような気になり軽い不満を覚えた。

アンナは相変わらずの病院勤めと最終学年に向けての準備に追われていた。ダニエルはアンナの勉強に関してはめったに質問しなかった。ときに質問することがあっても、それは単なる社交辞令にすぎず、アンナもほとんど話そうとしなかった。

ふたりは長々と時間をかけて食事をしたり、パーラーでコーヒーを飲んだりしながら夜を過ごした。そんなとき、ふたりとも仕事上の野心についてはひと言もしゃべらなかった。お互いに自分の生活の一部を隠しているという意識はあったが、いっしょにいられるだけで満足で、あえて突っ込んだ会話をする必要も感じていなかった。

彼らはほとんどふたりきりで家で過ごし、めっきり人づき合いが悪くなった。つき合いといえば、新婚のディトマイヤー夫妻と会うくらいで、パーティーなどにはまったく出なくなっていた。それよりもときどき映画を観《み》に行っては、暗い館内で手を握り合い一日の疲れや将来への不安を忘れた。お互いを知るにつれ愛情も深まったが、自分たちの関係にある種のもどかしさを感じ始めてもいた。それは、ダニエルが結婚を望みアンナが結婚を拒否する以上、避けられない事態だった。

八月に入ると、気温はうなぎ上りになり、市街は熱気でむんむんとしていた。早々と海辺へ逃げ出す人もいたが、ダニエルとアンナは週末になると車の幌《ほろ》を下ろして郊外へドライブした。ハイアニスポートの彼の土地にも二度ほどピクニックに行き、初めてのときと同じように大胆に愛し合った。大声で笑ったり草地でまどろんだりと大いに楽しんだが、ダニエルはそんなあるとき、避け続けていた話題を突然蒸し返した。

「来週からここの地ならしが始まるんだよ」

「来週ですって！　そんなにすぐ実現するなんて思っていなかったわ」アンナはびっくりしてダニエルを見た。事実彼から何も聞かされていないし、家の設計図すら見せてもらえずにいるのだ。

ダニエルは、こともなげに肩をすくめてみせた。「もっと早くする予定だったけど、その前に処理しなければいけないことが二、三あったんだよ」

「そうなの」それも知らなかった。アンナは思わずため息をつきそうになった。「その家があなたにとって大きな意味を持ってることは知ってるわ。きっとすばらしい家ができるでしょうね。でも、わたしはここに住みたくないの」そういうと優しくほほ笑み、ダニエルの顔に手を当てた。「ここは平和すぎるし孤立しすぎているから。水と岩と草しかないんですもの」

「家が完成したら、何もかも揃《そろ》えるさ。僕たちがここに住むようになったら――」ダニエルはアンナがしり込みしているのを感じ、あわてて手を握った。「最高の物を揃えたいから、そうすぐにはできないけど。僕たちが住めるようになるまでには、二年くらいかかるかもしれない。でも、子どもたちはここで育つことになるだろうな」

「ダニエル……」

「きっとそうなるさ」ダニエルはアンナをさえぎった。「それに、その家の中できみと愛し合うたびに、僕はきみとここで初めて愛し合ったときのことを思い出すんだ。たとえ五十年たっても」

アンナは反論するすべもなく、黙ってダニエルのことばを聞いていた。今みたいに静かに話すときの彼は妙に説得力があるのだ。でも、五十年先なんて気の遠くなるような話だ。アンナはそう思いながら恐る恐るいった。「ダニエル、わたしに約束しろっていうの？」

「ああ、そうしてほしいんだ」

「できないわ」

「どうしてだい？　きみも僕もお互いを必要としてるんだよ。そろそろ約束を取り交わしてもいいころじゃないかな」ダニエルは相変わらずアンナの手を握りながら、空いた手でポケットからベルベットの小箱を取り出した。「きみにこれをはめてもらいたいんだ」そういうと、親指で箱のふたをぱちんと開けた。中に入っていたのは、きらきら輝く洋梨《ようなし》形のダイヤモンドの指輪だった。

アンナは指輪の美しさに思わず息をのみ、同時にこの指輪が意味することに思いをはせた。それは彼女があこがれしかも恐れている約束、永遠の誓いを意味するのだ。

「できないわ」

「もちろん、できるさ」ダニエルが箱から指輪を出そうとすると、アンナは彼の両手を押さえた。

「いいえ、できないわ。まだこれを受け取る心の準備ができてないのよ。今までにもさんざん説明したと思うけど」

「僕だってわかろうとしてきたさ」でも、そろそろ我慢の限界なんだ。いくらいっしょに暮らしていても、きみは半分しか僕のものじゃないんだから。「少なくとも今は結婚したくないっていうんだろう？　でも、これは結婚指輪じゃないよ。単なる約束のしるしだ」

「あなたには何も約束できないわ。もしこの指輪を受け取ったら、破るかもしれない約束をすることになるのよ。あなたにそんな仕打ちはできないわ。とても大切な人なんですもの」

「矛盾してるじゃないか」ダニエルは胸の痛手を隠そうと、わざとふくれっ面をした。すでにこの指輪を買った時点でアンナに拒まれることを予測し、なぜかそれも当然だとさえ思ったのだが、それでも実際に拒否されてみると心は大いに傷ついた。「僕のことを大切だといいながら、指輪を受け取らないなんて」

「ああ、ダニエル、それはあなたの性格を知ってるからよ」アンナはいかにもつらそうな顔をして両手で彼の顔を挟んだ。「もしわたしがこの指輪を受け取ったら、あなたは一カ月とたたないうちに結婚指輪を受け取れというに決まってるわ。わたし、ときどきあなたがわたしたちの関係を企業の合併と同じように見てるんじゃないかと思うことがあるのよ」

「たぶんそうかもしれないな」ダニエルは一瞬かっとなったが、すぐに怒りを抑えた。相手がアンナの場合にかぎって、それができるようになっていたのだ。「僕が知ってるやり方といったら、それしかないだろうからね」

「もしかしたらね」アンナは静かな口調でいった。「そして、もしかしたらわたしはそういうやり方をわかろうと努力してるのかもしれないわ」

「まるで、僕と暮らしてるのが苦痛みたいないい方だな」ダニエルは淡々といった。「きみにつらい思いをさせてるのかと思うと、僕までつらくなるよ」

「だれもつらいなんて思ってないわ。ただ、あなたの物のいい方がとても冷ややかで計算ずくに聞こえるっていいたいだけなのよ」

「企業合併ほど計算ずくではないさ」

「ダニエル、わたしたちの関係をビジネスと同等に扱ってほしくないわ」

僕がいつそんなことをしたかな？　そんなつもりはないんだが。ダニエルはそう思いながらも、今ひとつ確信が持てなかった。「そろそろ、きみが僕たちの関係をどう見てるか、話してもらう時期なのかもしれないな」

「わたし、あなたが怖いのよ」アンナはとっさに口走って、あわてて口をつぐんだ。

しばらく気まずい沈黙が続いたあと、ダニエルが口を開いた。思ってもみない返事を聞かされて激しく動揺していた。「アンナ……僕は一度だってきみを傷つけたつもりはないんだよ」

「わかってるわ」アンナは突然いらだちを覚え、やにわに立ち上がった。「それどころか、わたしのことをまるで壊れ物か美術品みたいに大事に扱ってくれたわ。わたしを宝物扱いしないでどなりつけてくれたほうが、わたしにとっては気が楽だったのに」

なぜ非難されてるのかわからなかったダニエルはきょとんとした顔をしながら立ち上がり、アンナの背後に立った。「それじゃ、今度からもっと頻繁にどなるようにするよ」

「きっとあなたはそうするでしょうね」アンナはつぶやいた。「わたしがあなたの期待に背いたり、あなたに同調しなかった場合にはね。でも、もしわたしがあなたの希望をそっくりかなえてあげるとしたら、何が起こると思う？」そこまでいうとくるりと後ろを振り向き、潤んだ目でダニエルを見つめた。「いいわ、あきらめるわってわたしがいったとしたら、何が起こるの？」

ダニエルはアンナがまた後ろを向かないように、急いで彼女の手をつかんだ。「なんの話をしているのか、さっぱりわからないな」

「いいえ、わかってるはずよ、身に染みてね。わたしが心の片隅であなたの希望をかなえてあげたいと思ってることは、あなただって知ってるはずですもの。でも、それが実現した場合、わたし自身のためになるのか、単にあなたが喜ぶだけなのか、だれが断言できて？　もしわたしがイエスといって、あしたあなたと結婚するとしたら、わたしはほかのことを全部犠牲にしなければならないのよ」

「僕はそんなことを要求してるんじゃないよ。そんなこと絶対にするもんか」

「ほんとに？」アンナはなんとか落ち着きを取り戻そうとして、一瞬目を閉じた。「だったら、いえるかしら？　きっぱりといい切れるかしら？　今と同じようにドクター・アンナ・ホワイトフィールドを受け入れるし、かわいがるって」

　ダニエルはその場しのぎの返事をしかかったが、思いつめたようなアンナを見て正直に答えた。「さあ、わからないな」

　アンナはひっそりと短いため息をついた。指輪を受け取るかどうかは別として、嘘《うそ》でもいいから彼にそうするといってほしかったのだ。「だったら、わかるようになるまで時間が必要ね、わたしにもあなたにも。その指輪は、心から、わたしのすべてを懸けて、永久にはずさない覚悟で受け取りたいんですもの。いったんはめた指輪は二度とはずさないつもりよ、ダニエル。そのことはわたしにも約束できるわ。だから、この指輪がほんとうにわたしの指にふさわしいかどうか、ふたりで確かめなくちゃ」

「それじゃ、これはそのときまで取っておくよ」ダニエルは指輪をポケットにしまい、アンナを抱き寄せると唇にキスした。「でも、これはその必要はないだろう？」そういいながら、アンナといっしょに地面に倒れ込んだ。

11

アンナは、ダニエルとふたりで知事を接待するという知らせをかなり冷ややかに受け取った。祖父母や両親がときどき高官の接待をしていたので、彼女自身も客に喜ばれるメニューの作り方や料理とワインの組み合わせ方などはみっちり仕込まれていた。だから接待自体はなんの苦痛も感じなかったが、そうするのが当然と思っているダニエルの態度が引っかかり、今ひとつ乗り気になれなかったのだ。

嫌だっていえばよかったのよ。病院からの帰りの車の中で、アンナは自分にいい聞かせた。病院の仕事と勉強で一日中ふさがってるから、前菜には牡蠣《かき》のロックフェラー風がいいか、それとも帆立貝のコキーユがいいかなんて、考えている暇もないし考える気もないって。そうすればきっと胸がすっとしたと思うわ。でも、あとになって、自分の心の狭さに嫌気がさしてくよくよしてたかも。

結局、今度のはふたりが初めてカップルとして主催するディナーパーティーなんだわ。それに、彼にとってはとても大事な。彼は知事に心に残るごちそうを出したいと同時に、わたしを見せびらかしたいのね。わたしにとっては侮辱だけど、なんだか怒る気がしない。彼がやるとどんな非常識なことでも当たり前に思えるのね。いいわ、うんと見せびらかされても。きっと期待に応《こた》えてみせるから。

パーティーの準備なんて、手の骨の名まえを暗唱するのと同じくらい簡単だわ。アンナは手の骨と考えたとたんに、サリーを思い出した。そうそう、家に戻ったら、彼女をお見舞いしなくちゃ。そう思ってから、〝家〟ということばをなんの抵抗もなく使っている自分に気づき、苦笑いした。

アンナがダニエルの寝室だった部屋で荷物を解いてから、わずか三週間しかたっていない。それが、今ではふたりの寝室になっている。アンナは、あしたや来週や来年のことについてはともかく、きょうについてはなんの疑問も抱かなかった。毎日が幸せそのものだったし、ダニエルと暮らして、思ってもみなかったほど生活に広がりができたからだ。

それなのに結婚のことを考えると不安になる。ダニエルに対してか自分自身に対してかははっきりしなかったが、一抹の不信感をぬぐいきれなかった。彼を傷つけることも自分が傷つくことも怖かった。

しかし、その一方、そんな不安が一挙に解消したかに思えるときがあった。ダニエルと結婚して、彼の子どもを産んで、彼と生涯を共にする。それに、医師になって、腕を磨いて、最高の外科医といわれるようになる。きっとダニエルは、そんなわたしを誇りに思ってくれる。わたしが彼をそう思うように。わたしは女としての幸せだけじゃなくて、それ以上のものも手に入れられる。そういうことだってありうるのだ。いいえ、きっとあるわ。そう思うそばから、ダニエルが病院での自分の仕事にいかに無関心かを思い出した。それにダニエルは仕事のことをいっさい話してくれない。今や寝室のあちこちに散らばっている医学書についても、一度も質問をしない。あと数週間して新学期が始まったらふたりの生活をどうするのかひと言もいわない。

暮らしとか愛はわかち合えても、仕事に対する共感はわかち合えないものなのだろうか？　それがわかればこれ以上悩んだりはしないんだけど……。

よしましょう、こんな暗い話。家に戻ってきたんだから、元気を出さなくちゃ。アンナはそう自分にいい聞かせながら私道に車を乗り入れた。

キッチンに入ると、サリーがぐつぐつ煮立っているなべの中をのぞき込んでいた。

「その手は休めなくちゃいけないはずでしょう？」

「もう十分休ませましたよ」サリーは後ろも振り向かずに答えると、カップに手を伸ばした。「きょうはいつもよりちょっと遅かったですね」

「交通事故でけがをした人が救急車で大勢運ばれたものだから、残ってお手伝いをしていたのよ」

サリーはコーヒーを注《つ》ぎ、テーブルにカップを置いた。「それよりもご自分で切ったり縫ったりしたかったでしょうね」

アンナは小さくため息をつきながら、テーブルに着いた。「ええ。やればできるのに、ほんのささいなことでもやらせてもらえないのがつらいわ。血圧さえ測らせてもらえないのよ」

「でも、なんでもやれるようになるのも、もうじきじゃありませんか」

「あと一年、たったの一年って自分にいい聞かせてるの。でも、わたしってとても気が短いのよ」

「その点はマクレガーさんと似てるんですね」アンナが話し相手を欲しがってると気づいて、サリーも自分のカップを持ってテーブルに着いた。「さっきマクレガーさんからお電話がありましてね。帰りが遅くなるから、待ちきれないようなら先に食事をすませても構わないっておっしゃってましたよ。でも、察するところ、マクレガーさんは待っていてほしいんだろうと思いますね」

「わたし待ってるわ。手は痛まない？」

「朝起きたときは少しこわばってますけど、使っているときはどんなに酷使してもなんの痛みも感じませんよ」サリーは手を差し出し、手首の傷口を感心したように眺めた。「とてもきれいな縫い口だわ。自分じゃ、こううまくはできませんよね」そういうと、にやりと笑いながら手を下ろした。「肉を縫うのがテーブルクロスを縫うのとそっくりだなんて、想像もしませんでしたよ」

「手仕事なんて似たりよったりよ」アンナはサリーの手を軽くたたいた。「ダニエルが遅くなるんだったら、今のうちに来週のパーティーのお客さまのリストに目を通して、メニューを考えておかない？　わたしにもいくつかアイディアはあるけど、もしあなたのお得意料理があったら——」そこまでいうと急に話を中断し、鼻をくんくんさせた。「サリー、オーブンに何か入ってるの？」

「ピーチパイですよ」サリーは得意そうにいった。「祖母直伝のね」

「まあ」アンナは目を閉じ、甘いパイの香りを楽しんだ。「ダニエルはいつごろ戻るの？」

「八時とおっしゃってました」

アンナはちらりと腕時計を見た。「パーティーのメニューを作るのって、けっこうたいへんな仕事だと思うのよ」そういうと、ほほ笑みながら紙と鉛筆を取りに席を立った。

「だから、力をつけるために何か口に入れたほうがいいかもしれないわ」

「ピーチパイひと切れとか？」

「そうそう」

ダニエルが家に戻ったとき、アンナはまだキッチンにいた。アンナとサリーの座っているテーブルの上には、料理カードや客のリスト、紙くずなどが散乱し、ふたりのあいだにはピーチパイが半分と残り少なくなった白ワインのボトルが置かれていた。

「知事のお気に召そうが召すまいが、羊の内臓の詰め物《ハギス》だけは出したくないわ」アンナはサリーと額をつき合わせたままでいった。「わたしって、内臓を使った料理を食べなければならないと思っただけで、顔が真っ青になるのよ」

「内臓を怖がるようじゃ、立派な外科医にはなれませんよ」

「内臓を見たり、メスを握ったりするのは平気なのよ。でも胃袋に入れるとなると話は別だわ。やっぱり若鶏の赤ワイン煮《コックオーバン》に軍配を上げるわね」

「こんばんは、おふたりさん」

アンナはほほ笑みながら顔を上げ、さっと立ち上がるとダニエルの両手を取った。「ダニエル、サリーとふたりでパーティーのプランを練ってたのよ。ハギスの件ではサリーを怒らせてしまったかもしれないけど、お客さまもコックオーバンのほうが楽しめるんじゃないかと思うの」

「それはふたりに任せるよ」ダニエルは体をかがめてアンナにキスした。「思ったより時間がかかってね。夕食を待ってくれてなくてよかったよ」

「夕食ですって？」アンナはまだダニエルの手を握っていた。座っていたときは気がつかなかったのだが、なんだか足もとがおぼつかないのだ。「サリーとふたりでピーチパイの味見をしていただけよ。あなたも少し召し上がる？」

「あとでね。もしワインが残ってたら、一杯もらいたいけど」

「あら」いつのまにこんなに？　アンナは空っぽに近いボトルをぼんやりと見つめた。

「まずシャワーを浴びてくるよ」

「わたしも上に行くわ。招待状を出す前に、名簿に漏れがないかどうか点検してもらいたいの」

「わかった。サリー、もうお休み。パイは、食べたくなったら自分で切り分けるから」

「はい、ありがとうございます」

「あなた、疲れてるみたいね、ダニエル。仕事がきつかったの？」

「毎度のことさ」ダニエルはアンナの腰に腕を回し、ふたり揃《そろ》って階段を上がり始めた。

「取り引きで多少ごたごたがあったんだ。でも、もう解決したよ」

「わたしに話してくれる？」

「トラブルは家庭に持ち込まない主義なんだ」ダニエルはアンナのウエストを強く抱き寄せた。「午後はきみのお父さんとずっといっしょだったよ」

「そうなの？」アンナは軽い胸騒ぎを覚えたが、さりげなくたずねた。「父は元気だった？」

「元気だったよ。それに、仕事と個人的な問題をきっちりと切り離してた」

「たぶん、そうするのがいちばん楽だからだわ」

「でも、きみのことはきいてたよ」

「そうなの」

「ああ」

 ダニエルがドアを開けると、アンナは部屋に入り、涼を求めて窓辺に近づいた。「もしわたしに雇われたら、さすがの父もわたしを避けるわけにはいかないわね」

「お父さんはきみのことを心配してるだけさ」

「心配することないのに」

「そのことは、来週のパーティーで、お父さん自身が確かめるさ」

アンナはまだ手に握っていたリストをさっと見渡した。「父も来るの?」

「来るよ」

アンナは短いため息をつき、ほほ笑んだ。「ありがとう、あなたが父を説得してくれたのね」

「お礼なら、むしろお母さんにすべきだね」ダニエルはそういい、暖炉の前に置かれた椅子の上にジャケットとタイをほうり投げた。シャツのボタンをはずしていると夏の風に乗ってスイートピーの香りが漂った。ふと窓辺に目をやると、そばのテーブルに置かれた花瓶にスイートピーがあふれんばかりに生けてある。こんなささいな気配りが疲れた心をどれほど慰めてくれることか。急に激しい感動を覚えたダニエルは、服を脱ぐ手を止めてアンナを抱き締めると、髪にキスした。

「いったいどうしたの？」アンナはダニエルの激しい感情の変化に驚き、そうたずねた。

「家に戻ってきみの顔を見たら、急にほっとしたのさ」ダニエルはそういいながら靴を脱いだ。「時間はそうかからないだろうから、招待客の名まえを読み上げてくれないか？」

いうが早いかダニエルはあっというまに裸になり、バスルームへ入っていった。

アンナはかすかに顔をしかめ、床に積み重ねられた服を見た。世の中には男のあとにくっついて服を拾って歩く女がいるけど、わたしはそんなこと絶対にしないわ。そう思いながら、服の山をまたいだ。

「まず知事夫妻ね」アンナは大声でいった。「それから州議会議員のスティアーズ氏ご夫妻」

ダニエルは実に的を射たことばでその議員をけなしてから、オーケーと返事をした。アンナはせき払いをし、この夫妻はホストと反対側の端の席に着かせること、とメモした。

「マイラとハーバート、マロニー夫妻、クックス夫妻」アンナはシャワーの音にかき消されまいとして声を張り上げながら、暑さに耐えきれなくなってブラウスのボタンを三つ目まではずした。「ドナヒュー夫妻、それにキャスリーンとそのお相手のジョン・フィッツシモンズ」そこまで読み上げると急に目がかすみ、リストをのぞき込んだ。

「ジョンだれだって？」

「フィッツピモンズ……いえ、シモンズ、フィッツシモンズ」アンナはもつれる舌でそう繰り返した。「それとカール・ベンソンにジュディス・マン。マイラの話だと、ふたりは近々婚約するんですって」

「ジュディスの体っていうのは、まるで……」ダニエルはいいかけて途中でやめた。「とても魅力的な女性だ。ほかにはだれか？」

アンナは目を細めながらバスルームに入っていった。「まるで、どうなの？」

ダニエルはカーテンの後ろでにやりとした。「なんだって？」彼がそういったとたん、驚いたことにアンナがカーテンをさっと開けた。「アンナ、よせ。ここは女人禁制だぞ」

「わたしはただ、ジュディス・マンがどんな体をしているか知りたいだけよ」

「そんなこと、僕が知るわけないだろう？　カーテンを引いたほうがいいぞ。さもないと、きみも濡《ぬ》れてしまう」

「知らないとはいわせないわよ」アンナはそういうと、服を着たままシャワーの中に足を踏み入れた。

「アンナ！　どうしようっていうんだ？」

「正直な返事を聞こうとしてるのよ」アンナはびしょ濡れになったリストをひらひらさせた。「ジュディス・マンの体について何を知ってるの？」

「正常な視力があれば、だれにでも見えることをだよ」ダニエルはアンナの顎をつかみ、しげしげと顔を見つめた。「ところで僕は正常な視力の持ち主だから、それ以外のことも見えるんだよ」

アンナは石けんで濡れたダニエルの胸に手を当て、よろける足を支えた。「何が見えるの?」

「きみが酔っ払ってるってことさ、アンナ・ホワイトフィールド」

アンナは酔っ払ってるといわれて、とたんにしゃんとした。「なんですって?」

ダニエルは含み笑いをしながら、アンナの目の上に垂れた髪を払いのけた。「酔っ払ってるよ」

「ばかなこといわないでよ」

「きみは酔っ払ってる。しかも泥酔状態だ。まったくあきれたもんだね」

「あきれるのはこっちよ。わたしの質問に答えたくないものだから、人を酔っ払い扱いして……」

「質問て、なんだっけ?」

アンナは口を開けてすぐにまた閉じ、にやりとした。「忘れたわ。ところでダニエル、あなたの体がとてもすばらしいって、前にいったことがあるかしら?」

「いいや」ダニエルはアンナを抱き寄せ、服を脱がせにかかった。「今、いってくれないか?」

「胸部の筋肉がとてもよく発達してるわ」アンナのブラウスが、威勢のいい水しぶきと共に床に落ちた。「それはどの辺のことかな?」

「ちょうどここよ」アンナはささやいてダニエルの胸をなでた。「それに、三角筋がすごく固いわね。もちろん二頭筋もすばらしいわよ。ぶよぶよしてなくて引き締まっていて」そういいながら肩から腕へと手をすべらせた。ダニエルはアンナのスカートを下ろしにかかっている。「これは見せかけのたくましさじゃなくて鍛練のたまものね、おなかと同じように。真っ平らで引き締まった」アンナがそういって彼のおなかをなでると、ダニエルは思わず息をのんだ。

「教えてくれないか、アンナ?」ダニエルはアンナの耳に口を近づけ、舌をはわせた。「筋肉って全部でいくつくらいあるんだい?」

アンナは頭をのけぞらせ、裸の体に水しぶきを浴びながら彼にほほ笑みかけた。「人体には六百以上の筋肉があって、骨格を造り上げている二百六本の骨と全部つながってるのよ」

「すごいな。きみだったら、僕の筋肉をいくつぐらいまで探し当てられる?」

「まず下肢の筋肉から始めましょうか? わたし、あなたの歩き方が大好きなの」

「そうかい?」

「ええ、足取りがとてもしっかりしていて尊大な感じがするけど、全然いばった感じがしないの。これは当然あなたの個性と関係があるのよ。でも、個性だけじゃなくて、大地を踏みしめる筋肉も必要だわ。たとえば、アキレス腱《けん》とか――」アンナはその場にしゃがみ込み、ダニエルのふくらはぎをなでた。「下腿三頭筋とかよ」そういうと、彼の太腿まで指先を走らせ、満足そうなため息をつきながらヒップを両手で抱いた。「それと……」

ダニエルはにやにやしながらアンナにされるがままになっていた。女性からこんなに楽しいレッスンを受けたのは初めてだ。「そこの筋肉は座ることと関係があると思ってたけどな。解剖の授業でそう習わなかったかい？」そういうとシャワーのスイッチを切り、バスタオルを取ってふたりの体にかけた。

「大臀筋《だいでんきん》は――」アンナはダニエルのヒップをなでながら満足そうにつぶやいた。「十分に伸びなければいけないわ。さもないと突っ張ったような歩き方になるのよ」

「そういう歩き方をするわけにはいかないな」ダニエルはアンナを立たせ、両手で抱き寄せた。「特に大事な荷物を持っているときには」

「それに、これはあなたの筋肉の中でいちばん魅力的だわ」

「ありがとう」ダニエルはバスタオルを脇《わき》へほうり投げ、アンナといっしょにベッドに行き、その上に横たわった。

「さて、今度は内転筋よ、太腿の内側にある」

「どこだい？」

「ここよ」アンナがその箇所に手を当てそっとなでると、ダニエルが唇にキスした。アンナは半ば目を閉じてため息をつき、ダニエルに鼻をすり寄せた。「その態度は、わたしの説明をちゃんと聞いてるとは思えないわね」

「聞いてるさ。内転筋、ここだ」ダニエルはアンナの太腿にいきなり手を当てた。「ここだよ。肌が絹のようになめらかで、僕を求めてすでに熱くなっている所さ」そういうと、太腿とヒップとがつながっている敏感な部分へと手をはわせた。「ここの筋肉はなんていうんだい？」

「それは……」アンナはダニエルの下でうめき、体をのけぞらせることしかできなかった。

ダニエルはアンナの耳たぶを軽くかんだ。「忘れちゃったのかい？」

「わたしに触って」アンナはささやいた。「どこでもいいから」

ダニエルは満足そうなうめき声を漏らしながら、アンナの体を愛撫《あいぶ》し始めた。アンナはとろけるような快感に酔いしれ、彼の愛撫に身をゆだねた。夏の空気に触れていったんは乾いたふたりの肌も、興奮の高まりと共に再び湿り気をおびていった。

「きれいだ」ダニエルは鏡の中のアンナをうっとりと見つめた。「ほんとにきれいだよ」

アンナはいかにもうれしそうににっこりした。肩もあらわなドレスはくるぶしまでゆったりと流れるシルエットがとても優雅で、ボディス全体とスカートに点々とついているパールが豪華な雰囲気をかもし出している。アンナはそのドレスをひと目見て気に入り、生活費の中からかなりの額をはたいてしまった。本代を節約して埋め合わせるつもりでいたのだが、ダニエルの満足そうな顔や鏡に映った自分の姿を見ると、無理をしたかいがあったと思った。

「気に入った？」

「気に入りすぎて、パーティーがもう終わっていればと思うよ」

アンナはうれしくなって、くるりと一回転した。「あなたのディナージャケットもすてきよ。それを着ていると、優雅な野蛮人っていう感じ」

ダニエルはいかにも心外だといいたげに眉を上げた。「野蛮人だって？」

「その点だけは絶対に変えないでね」アンナはダニエルの両手を取った。「ほかの点は変えても、それだけは変えてほしくないの」

ダニエルはアンナの両手を口もとまで運び、片方ずつキスをした。「さあ、僕にもそれができるかな。きみだってワインとピーチパイを口に入れたとたんに、レディーでなくなるくらいだから」

アンナは軽く彼をにらみつけると、どっと噴き出した。「またそれをいうんだから。いつまでも忘れさせてくれない気ね」

「もちろんさ。あれは僕の生涯で最高にすばらしい夜だったもの。アンナ、僕はきみに夢中なんだよ」

「あのときもそういったわね」アンナは握り合った手を頰に当てた。「その気持ちもいつまでも変わらないでほしいわ」

「変わるものか。ところできみにプレゼントがあるんだ。指輪はだめでもこれならいいだろう?」ダニエルはポケットから小箱を取り出し、アンナの返事を待った。

アンナはダニエルの手を放し、両手を握りしめた。「ダニエル、わたしをプレゼントで買収する必要なんてないのよ」

「わかってるさ。ただきみにプレゼントしたいんだ。たまには僕に調子を合わせてくれたっていいだろう?」

「あなた、前にもそういったわね」アンナがほほ笑みながらいうと、ダニエルもほほ笑んだ。アンナは急に素直な気分になり小箱を受け取ったが、ふたを開けたとたんに絶句した。

「何かまずいことでもあるのかい?」

アンナはかろうじて首を振った。箱の中には黒いベルベットを背景に、パールとダイヤをちりばめたシンプルで美しいイヤリングが燦然《さんぜん》と輝いていた。

「ダニエル……」アンナは首を振りながら彼を見上げた。「これ、最高にきれいね。なんと表現していいのかわからないくらいきれいだわ」

「そのことばだけで十分だよ」ダニエルはほっとしてアンナの手から箱を取り、イヤリングを取り出した。「きみもマイラにお礼をいうべきかもしれないな。彼女に相談したら、男と女が仲よくやっていく秘訣《ひけつ》をいろいろと教えてくれたんだ」

「そうなの？」アンナはダニエルにイヤリングをつけてもらいながらつぶやいた。

「さあ、これでよしと」ダニエルはうれしそうにそういうと、もっとよく見ようとして後ろへさがった。「うん、とてもよく似合うぞ。もしかしたら、このイヤリングが男たちの注目を集めて、きみのきれいな肌をやつらのいやらしい視線から守ってくれるかもしれないな」

アンナはまた大声で笑いながら、耳もとに手をやった。「まあ、そういう下心があったのね」

「きみが周囲をぐるりと見回して、僕よりもっと魅力的な男を発見するんじゃないかって、やきもきしてるんだよ」

「ばかなことといわないで」アンナは軽くいなして、ダニエルと腕を組んだ。「それより、そろそろ下へ行かないと、お客さまのほうが先に着いてしまうわ。そうなったら、マクビーににらみつけられて、我慢できないほど失礼な仕打ちを受ける羽目になるのよ」

「ふーん」ダニエルはドアをくぐりながらアンナの顔を見た。「まだ彼を籠絡《ろうらく》してないみたいな口ぶりだな」

アンナは無邪気な顔をダニエルに向け、階段を下り始めた。「なんのことかしら?」

「先週の中ごろ、彼にホットケーキを焼いてもらったじゃないか。僕なんか一度もしてもらったことがないのに」

「あら、もう少しで玄関よ」アンナは階段の下で足を止めた。「絶対に人をにらみつけないって約束してね。たとえ相手がスティアーズさんでも」

「僕は人をにらみつけたことなんてないよ」ダニエルはぬけぬけと嘘《うそ》をつき、最初の客を出迎えにアンナと連れ立ってホールを歩いていった。

それからものの二十分とたたないうちに、広々とした応接間は人で埋まり、にぎやかな話し声でさんざめいた。アンナは自分とダニエルのことが話題の中心だと知りながらも、きわめて冷静にグループからグループへと顔を見せて回った。ダニエルとの同棲《どうせい》に踏み切れば友だちの何人かを失うことになると母親に忠告されたが、他人の思惑で自分の生き方を左右されるつもりなどさらさらなかった。

ルイーズ・ディトマイヤーのあいさつは多少こわばっていたが、アンナは知らん顔をしてあいさつを返し、軽くおしゃべりしてから友だちのいる方へ進んだ。そこでも自分に向けられたいわくありげな視線を何度となく感じたが、それも冷静に受け止めた。それはアンナ一流のやり方で、本人の意識しないことだったが、ゴシップ雀《すずめ》の口をふさぐには、ダニエルの権力やホワイトフィールドの家名よりはるかに効き目があった。

そんなふうに、口さがないゴシップには平然としていられたアンナも、知事から現在ダニエルが計画中の繊維工場の建設についてさりげなく意見を求められたときには、心穏やかではなかった。知事の話では、その工場が建設されれば、数百名の雇用が保証され、市の財政も大いに潤うというのだが、ダニエルから何も聞かされていない彼女に意見などあるはずもない。

アンナはこのときほど日ごろ仕事の話をひとつもしてくれないダニエルを恨んだことはなかったが、心とはうらはらに、にこやかにほほ笑みながらよどみなく返事をした。知事夫人がダニエルの仕事に深く関《かか》わっていると知り、ほんの一瞬彼女に嫉妬《しっと》を感じることがあったが、それもホステスの仕事に取りまぎれてすぐに忘れてしまった。

そうこうするうちに、アンナの両親が到着した。アンナは息をひそめて父親に近づき、頬にキスした。「ようこそ。来てもらえてうれしいわ」

「元気そうだね」アンナは父の声音によそよそしさを感じた。

「パパもよ。こんばんは、ママ」アンナは手を握りしめてくれた母の頬にキスし、ほほ笑みを返した。

「とてもきれいよ、アンナ」母はそういいながら夫の方をちらっと見た。「幸せなのね」

「ええ、幸せよ。何か飲み物を持ってくるわね」

「わたしたちに構わないで。あなたはホステスなのよ。ほら、パット・ドナヒューがいるわ。さあ、お行きなさい。わたしたちはだいじょうぶだから」

「わかったわ」アンナが両親に背中を向けようとすると、父親が彼女の手をつかんだ。

「アンナ――」父親はためらいがちにいうと、娘の手を握りしめた。「お前に会えてよかったよ」

そのことばだけでアンナには十分だった。アンナは父親の首に両手を回し、一瞬口ごもってからいった。「いつかパパのオフィスに立ち寄ったら、仕事をさぼってわたしとドライブしてくれる?」

「お前の車を運転させてくれるのかい?」

アンナはにっこりほほ笑んだ。「たぶんね」

父はいつものようにウインクし、娘の手を軽くたたいた。「さあ、お客さまが待ってるぞ」

アンナが後ろを振り向くと、数メートル先にダニエルがほほ笑みながら立っていた。アンナは、いかにもうれしそうに目を輝かせて彼に近づいた。

「きみがますますきれいに見えてきたよ」ダニエルはアンナにささやいた。

「これはどういうことなの?」マイラが突然現れて、ふたりのあいだに立ちはだかった。

「こんなときに、ホストとホステスが口をきくなんて許されないことなのよ。ダニエル、知事が食欲をなくさないうちにわれらが尊敬すべき議員さんの手から彼を救出したほうがいいわよ」そういうと、何やらぶつぶついっているダニエルを無視して、アンナのほうを向いた。「アンナ、あなたはキャスリーンがマロニー夫妻を震え上がらせている現場に行ってみない？　彼女があなたのイヤリングをだしに冗談をいうのを聞いて、わたし死にそうになったわ」

「穏便にね、マイラ」アンナは人込みをかきわけながらマイラをなだめた。「何事も穏便が肝心よ」

「わかってるわよ。でも、あなたがときどき頭を振って合図してくれるとありがたいんだけど。あーら、キャスリーン、すてきなドレスね」

キャスリーンは夏のスケジュールについての講釈を中断し、マイラをじっと見つめた。アンナには、気のせいかマロニー夫妻が声を揃《そろ》えてため息をついたように思えた。

「ありがとう、マイラ。でも、その前にまず、おめでとうお幸せにっていうのが物の順序だわね。あなたとはハーバートと駆け落ちして以来会っていないんですもの」

「そうだったわね」アンナは手にした飲み物をすすり、嫌味たらしいキャスリーンの話を無視した。

「駆け落ちってそれなりにいい点があるんでしょうけど、わたしは月並みな結婚を選ぶわ」

「人にはそれぞれのやり方があるのよ」マイラは腹を立てながらも、アンナのためを思い静かに応酬した。

「ええ、そうね」キャスリーンはかすかにうなずいた。「でも、いくらわたしたちみんなをだまして結婚したからって、あなたもハーバートも世捨て人みたいに隠れていることないのに」

「世捨て人だなんて。わたしたち、いずれ盛大な披露パーティーを催すことにしてるのよ。ただ、いちばん親しいお友だちだけを招待する前に、家の模様替えをしたいの。おわかり？」

そろそろ、自分が口を挟んだほうがよさそうだ。アンナはそう思い、一歩前に進んだ。

「この夏は忙しかったんでしょう、キャスリーン？」

「ええ、とても忙しかったわ」キャスリーンは冷ややかにほほ笑んだ。「もっとも、わたし以外の人は短期間にもっといろいろなことをしたらしいけど。わたしは海辺へ旅行に行ったのよ。ボストンへ戻ったら、マイラとハーバートが駆け落ちして、あなたが住所を変えたっていうじゃない？　別の意味のおめでとうをいうのが順序ってものかしら？」

アンナは、いきりたつマイラの腕に手を置き、彼女の口を封じた。「全然そんなことないわ。ところでずいぶんきれいに日焼けしたのね。わたしは残念ながら海には行けなかったわ。時間が取れそうもなかったのよ」

「そりゃそうでしょう」キャスリーンは吐き捨てるようにいうと、手にした飲み物をゆっくりとあおった。自分といっしょに社交界にデビューしたふたりの女に、この町でもっとも影響力を持つふたりの男、特に自分が目をつけたダニエルを射止められたとあっては、断じてプライドが許さない。「教えて、アンナ、いずれ機会があったらの話だけど、あなたとダニエルを人に紹介するときどういったらいいの？　わたし、そういうことに関しては無知なのよ」

「それがどうして問題なの？」アンナは怒りを抑えながらいった。

「あら、問題よ。だって、わたしもささやかなディナーパーティーを開こうと思っているのに、あなたたちに出す招待状をどう書いていいのか、さっぱりわからないんですもの」

「わたしは別にどうでも構わないけど」

「あら、わたしは構うわ」キャスリーンは目を大きく見開いた。「だって、人に失礼なことをするのって大嫌いなんですもの」

「まあ、かわいそうに」

キャスリーンは負けずにいい返した。「そう、結局、男性の愛人に失礼のないような宛《あて》名《な》を書く方法なんて、あるわけないのよね」とたんに、ドレスの胸もとにマイラが飲み物を引っかけ、キャスリーンは金切り声をあげた。

「まあ、わたしったらとんでもない粗相をしてしまって」マイラはわざと足もとをふらつかせながら、キャスリーンのピンクのドレスをざっと見回し、ひそかにほくそえんだ。

「わたしってほんとにばかね。わたしもいっしょに行くわ、キャスリーン。あなたの汚れをスポンジで拭《ふ》き取れるなんて、願ってもない幸せですもの」

「自分のことは自分でするわ」キャスリーンは歯ぎしりしながらいった。「わたしのことはほっといてちょうだい！」

マイラはたばこに火をつけ、天井目がけて煙を吐いた。「あなたのいうことならなんなりと」

責任を感じたアンナは、キャスリーンの腕を取った。「さあ、わたしといっしょに行きましょう」

「触らないで！　あなたも、あなたの低能な友だちもね」キャスリーンはヒステリックに叫ぶと、スカートの裾《すそ》を翻し人込みを縫っていった。

「あーあ」アンナは大げさにため息をついた。「あれほど穏便にっていったじゃないの」

「でも、顔には引っかけなかったわ。それに、実をいうと前々から彼女にはああしてやりたかったのよ。初めてやってみて、自分が絶対に正しいと思ったたわ」マイラはアンナに向かってにやりとした。「ディナーまでにもう一杯ぐらいお酒を飲む時間があるかしら？」

12

もしダニエルがこのキャスリーン・ドナヒューとアンナのいきさつを小耳に挟まなかったら、そして、アンナの受けた侮辱に対して怒り心頭に発していなかったら、彼は別の態度に出ていたかもしれないし、ふたりの関係もスムーズに続いていたかもしれない。けれども事態はまったくその逆だった。

さすがにダニエルも、パーティーが終わるまではホストらしくにこやかにしていたが、客たちが満足しきって辞去するや、待ちかねたようにドアを後ろ手に閉め、アンナにいった。「話したいことがあるんだ」

アンナはへとへとだったが素直にうなずいた。パーティーの席上ダニエルがいかに快活にふるまおうと、ほかの人間ならいざ知らずアンナの目はごまかせない。アンナにはダニエルが怒りに燃えているのが、一目瞭然《いちもくりょうぜん》だった。

ふたりは黙って階段を上がり、寝室に入った。

「よくないことがあったみたいね。知事とお仕事を進めてるんだそうだけど、その件で何かまずいことでもあったの?」

「仕事は順調さ。問題は僕の私生活だよ」

アンナは不安な面持ちで両手を膝に載せた。「わかったわ」

「いや、わかってないよ。もしわかってれば、結婚に反対することもないんだ。結婚を単なる事実として受け止めればいいんだから」

「単なる事実ですって? ダニエル、わたしたちの最大の問題は結婚観の違いから生まれてるみたいね。わたしは結婚を単なる事実とは考えてないの。ひとりの人間がもうひとりの人間と共に歩むための最大のステップだと思ってるのよ。だからこそ、心の準備ができるまでは結婚に踏み切れないんだわ」

「一生準備ができないときは?」

「そのときは、一生今のままだわ」

「それで、何ひとつ約束してくれないというわけか、アンナ。ただのひとつも」

「前にもいったでしょう、破るかもしれない約束はできないって。でも、できるかぎりのことはするつもりよ、ダニエル」

「それだけじゃ不十分だ」ダニエルは葉巻を吸い、紫煙の奥からアンナをじっと見つめた。

「ごめんなさい。できることなら、もっとあなたにしてあげたいわ」

「できることならだって?」ダニエルはかっとなった。「できないのは、きみが強情だからじゃないか」

「もしそれがほんとうなら、ばかといわれてもしかたがないわ」アンナは今こそきっぱりと決着をつける覚悟で立ち上がった。「いいえ、事実ばかなのかもしれないわ。あなたがあなたの欲望や野心を大事にするように、わたしの欲望や野心にも敬意を払ってくれることを期待してたんですもの」

「それが結婚とどう関係あるんだ？」

「大ありだわ。わたしはあと九カ月したら学位を取るのよ」

「ただの紙切れじゃないか」

アンナは怒りに顔を引きつらせ、声を震わせながらいった。「ただの紙切れですって？じゃあきくけど、あなたの持ってる証書や株券や契約書をただの紙切れと呼べるの？ 高尚すぎて、貴重すぎて、わたしに話すのなんかもったいない書類のことを。もっとも、今夜わたしが知事さんに質問された繊維工場建設の話なんて、愚かなわたしには理解できないと思ってるのかもしれないけど」

「きみのことを愚かだと思ったことなんて、一度もないさ」ダニエルは吐き捨てるようにいった。「証書や株券が僕たちとどう関係があるんだ？」

「それがあなたと切り離せない物だからよ。わたしの学位と同じように。わたしは学位を取るために、必死で勉強に打ち込んできたわ。このことはあなたにもわかってもらいたいのよ」

「僕にわかってることをいおう」ダニエルは体をこわばらせ、葉巻をひねりつぶした。

「その大切な学位とやらのために、自分が二の次にされるのはもうたくさんだっていうことさ」

「何をいうの、ダニエル。だれもそんなこといってないでしょ！」アンナはいきりたち、気を静めようとドレッサーの上に両手を強く押しつけた。「順序の問題じゃないわ。競争じゃないんですもの」

「それじゃ、なんだ。なんだっていうんだ？」

「敬意の問題よ」アンナは冷静さを取り戻し、再びダニエルのほうを向いた。「相手をどれだけ尊敬できるかっていうね」

「それじゃ愛情はどうなるんだ？」

愛情と聞いたとたん、アンナはみるみる涙で目を潤ませ、喉を詰まらせた。「相手を尊敬する気持ちがなかったら、愛なんてむなしいわ。あるがままのわたしを受け入れてくれない男性に愛されたいとは思わないし、失敗も成功もわたしとわかち合おうとしない男性を愛したいとは思わないわ」

ダニエルはアンナが離れていくと知りながら、プライドを守りたい一心で心にもないことを口走った。「だったら、僕はきみを愛さないほうがよさそうだな。せいぜい努力するよ」そういうと、くるりと踵《きびす》を返し、部屋から出ていった。

それからしばらくして、玄関のドアがばたんと閉まる音がした。アンナはベッドに倒れ込み、大声で泣き叫びたかった。けれども、感情が高ぶりすぎて、かえってそれができない。わたしに残された道はひとつしかないんだわ。そう思いつめると、物に取り憑《つ》かれたように荷造りを始めた。

コネチカットへの道のりは長くて孤独だった。アンナは夜を徹して車を走らせ、日の出を見たときには目がほこりでざらざらになっていた。へとへとに疲れ果ててモーテルに入り、夕暮れまで眠った。目が覚めると、過去は振り向くまいと決意した。最初の二日間は、キャンパスの近くで小さなアパート探しに専念した。そのあとは新学期の準備に追われ、昼間はそれなりに充実していたが、悲しいことに夜は昼間ほど充実していなかった。

電話があるとダニエルにかけたくなると思い、わざと取りつけなかった。新学期が始まると、これ幸いとばかりに授業に没頭した。

九月半ばのコネチカットはさわやかで美しい。しかしアンナは木々の葉にすら目をとめようともせず、ひたすら勉学に励んだ。去年までは忙しい勉強の合間を縫って周囲の景色を楽しんだものだが、今年はほんの一瞬でも荒々しい葉っぱの乱舞に心を奪われようものなら、たちまち断崖《だんがい》の上でそよいでいた草や岩に砕け散る波の音を思い出すような気がして、それができなかった。

マイラから長い手紙を何通かもらっても、身を隠したいばかりに返事すら書こうとしなかった。

けれども、マイラから一通の電報を受け取ったとき、隠れているのももはやこれまでと観念した。

〈二十四ジカンイナイニ　トグチニオシカケラレタクナカッタラ　デンワセヨ　マイラ〉

電報と循環系についてのノートを持ち学生ホールの電話に向かうと、交換を呼び出ししばらく待った。

「はい」

「マイラ、もし戸口に押しかけられたら、あなたにはその場で寝てもらうしかないわ。わたしの部屋にはお客さま用のベッドがないのよ」

「アンナ！　あんまり連絡がないものだから、大西洋に身を投げたのかと思ってたのよ」

「ごめんなさい、とても忙しかったのよ」

「そうじゃなくて隠れてたんでしょう？　すごく心配してたのよ」

「心配しないで、元気だから……いえ、やっぱり元気じゃないわ」アンナはマイラには嘘《うそ》をつかないことにした。「でも、忙しいことは確かなの。耳まで本とノートで埋まってるのよ」

「ダニエルには一度も電話してないの？」

「できないのよ」アンナは目を閉じ、冷たい金属の受話器に額を押し当てた。「彼はどうしてる？　彼とは会ったの？」

「会ったかなんてもんじゃないわよ。あなたが出ていった夜、わたしたち夜中の二時にたき起こされたのよ。彼ったら、半狂乱であなたが来ていないかってきくの。ハーバートがなんとかなだめて帰したけど、一時はどうなることかと思ったわ。それ以来彼とは会ってないけど、なんでももっぱらハイアニスポートに建てる家の現場を見回ってるそうよ」

「ああ、そうでしょうね」

「アンナ、ディナーパーティーの晩に、キャスリーンとちょっとしたもめ事があったけど、そのことをダニエルが小耳に挟んだって知ってた？」

アンナは急に自分がみじめになり、首を振った。「いいえ。だって、彼はそんなことひと言もいわなかったんですもの。ああ……」

「彼、キャスリーンの首を絞めてやりたいっていったわ。わたしはそうしておやりなさいっていったんだけど、ハーバートが止めたの。ダニエルはあらゆる侮辱からあなたを守るのが自分の義務だと思ってるのよ。ほんとに優しいわね。わたしたち、自分のことはなんでも自分でできるのに」

「侮辱されないために、ダニエルと結婚なんかできないわ」アンナは小声でそういった。

「ええ。それに彼、おしりを蹴飛《けと》ばされてもしかたがないような暴言を吐いたらしいじゃないの。でも、これだけは確かよ。彼はあなたを愛しているわ」

「わたしの一部だけよ」アンナは目を閉じ、弱気になりそうな自分を無言で励ました。

「巻き添えを食わせてしまって、ごめんなさい」

「あら、とんでもないわ。巻き添えを食うのがわたしの生きがいだって知ってるでしょ？ アンナ、わたしと話したくない？ わたし、そっちへ行きましょうか？」

「いいえ、今はいいわ。少なくとも今はだれとも話す気になれないの」アンナはずきずき痛み出したこめかみを押さえながら、無理に笑った。「あなたの手紙に返事を書かなくてよかったわ。あなたと話したら、何をするよりも元気になれたから」

「それじゃ、電話番号を教えて。手紙を書く代わりに電話をかけるから」

「電話はないのよ」

「電話がないですって？」マイラはびっくりしたようにいい、意味ありげに沈黙した。「アンナ、それでどうやって生き延びるつもり？」

アンナはこめかみをさするのをやめ、今度はほんとうに笑った。「ここでの暮らしってほんとに原始的なのよ。わたしのアパートを見たら、あなたなんてショックで寝込んじゃうんじゃないかしら。というわけで、今夜わたしのほうからあなたに長い手紙を書くわ。それに来週電話もかけるわね」

「きっとよ。ところで、電話を切る前にひと言忠告させて。ダニエルは男よ。だから、痛手から立ち直るのも早いわ。そのことだけは覚えておいてね」

「ありがとう、ハーバートによろしくね」

「ええ、手紙を楽しみにしてるわ」

「今夜書くわ。さよなら、マイラ」

受話器を置いたアンナは、何週間ぶりかで心が洗われるような気分を味わった。ボストンをあとにしたときひとりで生きようと決心し、アパートを借りたり、授業を登録したり、勉強の時間割りを立てたりと将来への設計に余念がなかったが、なぜかみじめでたまらなかった。それがなぜなのか、今にしてようやくわかったのだ。

結局、自分がいけなかったのだ。アンナは廊下を歩きながら思った。悲劇のヒロインを気取って自分の選んだ道から顔をそむけていたのだ。そろそろつまらない感傷は捨てて、自分の生き方を見据えるときが来たのだ。ずっとひとりで生きていくなら、今のうちからひとりの生活を精いっぱい楽しむ方法を見つけておかなければ。

腕時計をちらっと見ると、次の授業が始まるまでまだ十分あった。いつもなら急いで教室へ入り、本に顔を埋《うず》めているところだが、きょうこそは外へ出て秋の景色を楽しむ気になった。

外へ出ると、この数週間あえて無視してきた鮮やかな色彩の群れが、いっぺんに目に飛び込んできた。教室へ急ぐ学生たちや、明るい日ざしを浴びながら芝生に寝そべって本を読む学生たち。なだらかなスロープと古びた赤煉瓦造《あかれんがづく》りの病院。そして、縁石に駐《と》められたブルーのコンバーティブル……。

一瞬、アンナはその場に立ちすくんだ。数週間前にタイムスリップし、ボストンの病院の前で自分を待っているダニエルに出会ったような気がした。でも、ここはボストンじゃない。それに、ブルーのコンバーティブルを持っているのは、この東海岸でダニエルひとりというわけでもない。アンナはすぐに平静を取り戻し自分にそういい聞かせると車から遠ざかったが、やはりなんとなく気になりまた立ち止まった。

そのとき、背後から声がした。「乗るかい？」

彼だわ！　アンナは胸をときめかせながら振り向き、込み上げるうれしさを押し隠して警戒するようにいった。「ダニエル、こんな所で何してるの？」

「見たところ、きみを待ってるみたいだな」ダニエルはアンナに触れたくてたまらなかったが、今触れたら彼女につかみかかってしまうかもしれないと思い、わざと両手をポケットに入れていた。「最後の授業は何時に終わるんだい？」

「最後の授業？」アンナは一瞬、きょうが何曜日だか思い出せなかった。「ああ、あと一時間くらいで終わるわ。きょうはあともうひとつ授業があるだけなの」

「わかった。じゃ、そのころにまた戻ってくるよ」

戻ってくるですって？　アンナは呆然《ぼうぜん》として運転席のドアを開けるダニエルを見つめていたが、やがて自分でも気がつかないうちに助手席のドアを開けていた。

「どうするつもりだい？」

「あなたといっしょに行くのよ」

ダニエルは落ち着いた目をして、アンナの顔を長いこと見つめていた。

アンナはあきらめたような目つきでキャンパスを見回し、車に乗った。「あとでだれかのノートを借りるわ。それで埋め合わせができるから」でも、あなたとの時間は埋め合わせができないわ。

「きみって、授業をさぼるタイプにはとても見えないけどな」

「でしょう？」アンナは軽い口調でいうと、かかえていた本を膝に載せた。「わたしのアパートはこの近くなのよ。コーヒーくらい飲めるわ。病院を通り過ぎて、最初の角を左に曲がったら――」

「場所は知ってるよ」ダニエルはアンナをさえぎった。実は賃貸契約書のインクが乾くか乾かないかのうちにそれを知っていたのだが、そのことは黙っていた。

アパートへ着くまでの五分間は、あっというまにすぎた。この人をどう扱ったらいいのかしら？　まだ怒ってるのかしら？　車が停《と》まったとき、アンナは不安でいらだっていたが、ダニエルは一見きわめて冷静だった。

「ここに人が来るなんて思ってもみなかったわ」アンナはアパートの階段を上がりながらいった。

「電話があれば、だれかが電話をかけてきたかもしれないよ」

「そこまで思いつかなかったわ」アンナはそういいながら部屋の鍵《かぎ》を開けた。「さあ、どうぞ」

ダニエルが部屋に入ったとたん、アンナは信じがたいほどの部屋の狭さを痛感した。リビングスペースで彼が両腕を広げようものなら、壁にぶつかるのは目に見えている。それに、家具といえばカウチとコーヒーテーブルそれに電気スタンドだけで、あとは何もなかった。

「座ってちょうだい。今、コーヒーをいれるわね」アンナは胸をどきどきさせながらいうと、ふたりきりでいるのが気づまりで、返事も待たずにキッチンへ逃げ込んだ。

ひとりきりになったダニエルは握りしめていた両手を開き、室内をぐるりと見回した。部屋は確かに狭かったが魅力にあふれていた。カウチの上にはカラフルなクッションが数個、コーヒーテーブルの上には皿に盛った貝殻が置かれていて、いかにも若い女性の部屋といった感じだ。おまけに日当たりのよいちっぽけなこの部屋には、彼の部屋から消えてしまったのと同じにおいが漂っている。ダニエルは急にいても立ってもいられなくなり、彼女のあとを追ってキッチンへ入った。

ダニエルにいわせれば、そのキッチンは料理を作るというより勉強するための部屋という感じだった。窓際のテーブルに、ポータブルのタイプライターや、山積みされたノートや本、ちびた鉛筆や削りたての鉛筆を入れた陶器のカップが載っていたからだ。彼はそれを見た瞬間、別世界に足を踏み入れたような錯覚に陥り、あわてて首を振った。

「コーヒーはもうすぐできるわ」アンナは黙っているのが息苦しくなり、そういった。「ほかに何も出す物がないのよ。今週は一度も買い物をしてないものだから」

神経質になってるんだな。ダニエルは日ごろなめらかなアンナの口調がぎくしゃくしているのに気づいた。なぜだろう？　そう思いながら見つめていると、カップを持つアンナの手がかすかに震えているのに気づいた。そのとたん、ダニエルは少しだけ気が楽になり、椅子を引いて腰を下ろした。

「顔色が悪いね、アンナ」

「あまり日に当たっていないからよ。新学期の始まりのころはいつも殺人的なスケジュールなの」

「で、週末は？」

「病院の仕事があるわ」

「ふーん。もしきみが医者だったら、オーバーワークと診断を下すところだな」

「幸い、わたしはまだ医者じゃないわ」アンナはテーブルにコーヒーを置いてから少しためらい、腰を下ろした。ふたりきりでこうしたことは何度もあったのに、今はなんとなく違和感があった。「きょうたまたまマイラと電話で話したのよ。ハイアニスポートの家がいよいよ着工したんですって？」

「ああ」ダニエルは気のない返事をした。家のことなど、今の彼にはどうでもよかった。「スケジュールどおりに工事が進めば、来年の夏にはメインの部分に住めるようになるよ」

「楽しみでしょう？」アンナは泥のような味しかしないコーヒーを脇《わき》へ押しやった。

「設計図を車の中に置いてあるんだ。きみも見たいかもしれないと思ってね」

アンナは意外なことばを聞かされて、急に胸が締めつけられたようになった。「もちろん見たいわ」

ダニエルは驚いたようなアンナの目を見て、今さらながら自分の愚かさを責めた。一瞬何をいうべきかわからなくなり自分の両手をにらみつけたが、やがて思い切って口を開いた。「ダウンタウンにオフィスビルを買おうと思ってる。小企業相手で賃貸料も安いけど、不動産の価値は向こう七年間で五倍になるはずだよ」そういってからカップに砂糖を入れたが、かき回さずに先を続けた。「繊維工場のほうはちょっとした問題が起きてね。来春には操業にこぎつけるように、今きみのお父さんに問題を処理してもらっているところなんだ」

アンナはダニエルの目をじっと見つめた。「どうしてわたしにそんな話をするの？」

ダニエルは一瞬口ごもった。正直に自分の気持ちを打ち明けたくても、プライドがじゃましてできないのだ。けれども、アンナの真剣なまなざしを見つめているうちに、彼女のためならプライドも捨てようと思った。「アンナ、男っていうのは自分のまちがいを認めるのが嫌いなんだよ。でも、まちがいを認めなかったばかりに恋人に捨てられるほうがもっと嫌いだ」

アンナはそれを聞いて、今まで以上にダニエルが好きになった。「わたしはあなたを捨てたわけじゃないわ、ダニエル」

「それじゃ、逃げたんだ」

アンナはごくりとつばをのんだ。「ええ、わたしは逃げたのよ。あなたからも自分からも。でも、あなたは今の五分間で、ふたりでいっしょに暮らしていたときとは比べ物にならないくらい自分をさらけ出したことに気づいてる？」

「きみが工場建設や利率に興味を持ってるとは、思ってもみなかったな」ダニエルは急に腹立たしくなりアンナに突っかかったが、彼女のいらいらしたような目に気づき、また気を取り直した。「何かいいたいことがあるなら、いったらどうだい？」

「ベッドルームに初めて入ったとき、あなたらしさをまるで感じさせない部屋だなと思ったのよ。しばらくして、その理由がわかったわ。あなたが将来のことにばかり目を向けてるからだって。あなたの理想とする家や家族のことも、頭の中で設計図がきちんとできあがっていて、わたしのことなんて最初から眼中にないんだって」

「きみ抜きで家族のことなんか考えられないよ、アンナ」

「そうだとしても、それはあなたの思いどおりの家族を作るために必要だからだわ。家だって、ふたりのために建てるんだといいながら、一度も設計図を見せてくれなかったじゃない？」

「ああ。でも、僕は基礎工事を見ながら気づいたんだよ。これは僕が求める家かもしれないけど、僕に必要な家ではないんだって」ダニエルはそういうと、手にしたスプーンを乱暴に置いた。「きみが家のことをそれほど問題にしてるなんて、思ってもみなかったよ」

「どうやって自分の気持ちを伝えていいのか、わからなかったの……ばかね」アンナはうっすらとほほ笑み、すっと立ち上がると窓辺まで歩いた。毎晩窓際で勉強してるというのに、中庭に植わっている楓《かえで》が赤く色づいているのに気づくのは今が初めてだった。きれいだ。こんなきれいな物を見逃していたなんて、わたしはいったいどういう生活をしてるのかしら？　アンナは楓をじっと見つめながら、静かにいった。「心の片隅では、あなたといっしょにあの家に住みたいと思ってたのよ、ほかのどんなことをするよりも」

「でも、片隅だけなんだ」

「わたしをためらわせたのは、やっぱり将来への不安だったと思うの。なにしろあなたは、わたしが病院でしていることや、わたしが外科医になりたい理由を一度もきこうとしなかったんですもの」

それを聞いたとたん、ダニエルも立ち上がった。彼女と最後の決着をつける覚悟で。

「男って、自分が愛する女性のもうひとりの恋人のことなんてきかないもんさ」

アンナは、あまりにたわいないダニエルのことばに、怒ることもできなかった。「ダニエル……」

「理性的になれなんていわないでくれよ」ダニエルはアンナをさえぎった。「必要とあらば床にはいつくばりもするけど、理性的になれとはいわないでくれ」

アンナはため息をつき首を振った。「わかった、いわないわ。でも、これだけはいわせて。世の中には、ふたりの恋人を持つことができて、どちらも満足させたいと願ってる女もいるんだってことを」

「それは難しい生き方だな」

「恋人がふたりとも、その女が必要とするものを喜んで与えてくれれば、難しくないわ」

狭いキッチンには歩き回れるスペースが全然ない。しかたなくダニエルはポケットの中で両手を握りしめたまま、足を前後に揺らした。「聞いてくれ。この二、三週間、僕はきみが医者になる件についてじっくり考えた。これほど考えたのは、きみと会ってから初めてだ。きみに家を出ていかれてひとりぼっちの夜を過ごす羽目になったとき、考えざるをえなくなったんだよ。ヒッグス夫人に対するきみの態度や、夕方病院から出てきたときのきみのようすを思い出してみた。それと、血だらけのブラウスを着たままキッチンに立って、きわめて冷静にあの日の出来事を説明したきみのことも。サリーの話では、きみのおかげで一命を取り止めたと医者にいわれたそうだ。きみがこういう本で勉強してきたことは、もしかしたらさほど難しくないのかもしれない。でも、勉強したことを実行に移すのは生易しいことじゃないと思うんだ。確かに僕はきみが外科医になりたい理由をきいたことがなかった。今きくよ」

こんなことをいったら、子どもっぽいとばかにされるかもしれない。アンナは一瞬ためらったが、やがて思い切っていった。「実はわたしには夢があるの。何か大きなことをやりたいっていうね」

ダニエルは目を細めながら無言でアンナを見つめていたが、やがて本を元に戻し、彼女に近づいた。「夢なら僕にもある。アンナ、この部屋は狭いけど、ふたり分のスペースは十分あると思うよ」

アンナは深々とため息をついてから、ダニエルの体に腕を回した。「でも、もっと大きなベッドがいるわね」

「やれやれ」ダニエルは大声で笑いながらアンナを抱き寄せ、軽くキスした。「アンナ、きみがいなくて寂しかった。二度とあんな思いはしたくないよ」

「ええ」アンナはダニエルの喉もとに顔を埋め、彼のにおいを胸いっぱい吸い込んだ。

「わたしもよ、ダニエル。あなたなしで暮らすくらいなら、死んだほうがましだわ」

「もうきみを放さないぞ。もっと大きなベッドと電話が三本あればだいじょうぶだ」

アンナは笑いながら唇を重ねた。「愛してるわ」

「確か、今までは一度もそういわなかったね」ダニエルはあいまいな口調でそういうと、彼女の体を引き離した。「そうさ。きみは今まで一度たりともそういわなかったんだよ」

「怖くていいえなかったのよ。もしあなたをとても愛していることがばれたら、それを理由に医者になるのをあきらめさせられるかもしれないと思って」

そんなことあるものか。ダニエルはそういおうとしてやめた。アンナのいうとおりだったからだ。「それで、今はどうなんだい？」

「あなたがそばにいてくれなかったら、医者になっても幸せになれないわ」

「前に、きみが周囲を見回して、僕よりももっと魅力的な男を見つけるんじゃないかっていったことがあるけど、あれは本気でいったんだよ」

「あのころだったら、本気になって当然よ」アンナはわざとダニエルをからかった。

ダニエルもわざとアンナをにらみつけた。「油断するなよ。いつかしっぺ返しをしてやるから。とにかく今はきみをものにしたい一心で、おとなしく聞いてるだけなんだからな」

アンナは、こんなに素直に自分の気持ちを打ち明けるダニエルがますます好きになり、彼の肩に頬を載せた。「ねえ、ダニエル、今だったらあなたの望みをかなえてあげられそうよ」

「僕は妻が欲しかった。僕が夜家に戻ったときに出迎えてくれる女性。花を生けたり、窓にレースのカーテンを飾ったりする女性。それがなんであろうと、僕が与えるものに満足してくれる女性が……」

アンナはテーブルに山積みされた本をちらっと見てから、ダニエルの顔を見た。「それで今は？」

「そういう女性だったら、一週間とたたないうちに見つけられると思ってるんだ」

アンナはあふれ出る涙を抑えようと、手で目頭を押さえた。「わたしもそう思いたいわ」

「僕は絶対にあとへは引かないからな」ダニエルは突然声を荒らげてそういうと、アンナを強引に抱き寄せた。「きみは僕と結婚するんだよ、アンナ。学位を取った翌日に。だから、ドクター・ホワイトフィールドでいられるのは二十四時間もないんだ」

アンナは突然不安に駆られ、ダニエルのシャツをつかんだ。「ダニエル、わたしは――」

「そのあとすぐ、ドクター・マクレガーになるんだからね」

アンナは、はっと息をのみ、静かに三回呼吸してからおずおずといった。「本気なの？」

「ああ。僕はいつでも本気さ。僕が妻を州いちばんの外科医としてみんなに紹介するのにつき合ってくれよ。アンナ、僕はきみの夢をわかち合いたいんだ。きみに僕の夢をわかち合ってもらいたいのと同じくらいにね」

「生易しい生活じゃないと思うわ。インターンをやってるあいだは特に」

「それも、二十年たったらいい思い出話さ。僕はなんでも長い目で見ることにしてるんだよ、アンナ。初めは、きみを自分の理想にぴったりの女性だと見込んで、結婚を申し込んだ。でも今は――」ダニエルはそこまでいうと、彼女の両手を握りしめた。「今はあるがままのきみを愛してるから、結婚を申し込んでるんだ」

今度こそ、もうあとがないんだわ。アンナはそう思いながらダニエルを長いこと見つめていた。「あの指輪はまだ持ってるの？」

「ああ」ダニエルはポケットに手を入れた。「いつも持ち歩いていたんだよ」

アンナは笑い声をあげながら両手をダニエルの顔に当てた。「今それをいただくわ」ダニエルが指輪をはめようとすると、アンナは彼の手に自分の手を重ねた。

「そして約束するわ、ダニエル。ベストを尽くすことを」

ダニエルは指輪をアンナの指にはめた。「それだけ聞けば、十分さ」

エピローグ

アンナは、一晩中ダニエルのベッドの横にある椅子に座り、うつらうつらしていた。ときどき、彼がうなされて寝言をいったが、そんなときは彼が安心して眠るまで静かに話しかけていた。

夜明け直前、アンナは体を前かがみにしベッドに額を載せた。目を覚ましたダニエルが最初に見たのは、うつらうつらしているアンナだった。

ほんの一瞬、ダニエルは自分がどこにいるのかわからなかった。まだ麻酔から覚めきってはいなかったが、事故のことは鮮明に覚えていた。特にお気に入りだったおもちゃの車のことをちらっと思い出したとき、胸に圧迫感を感じた。何かと思って視線を落とすと、腕から渡された管が見えた。

奇妙なことに、医師や看護婦たちが周りでせわしなく動き回っているのを、どこかで見ていたような気がした。それから急に意識がなくなり、あとは何も覚えていなかった。ただひとつ、アンナに叱《しか》られ手にキスされたことを除いては。

ずいぶん疲れているみたいだ。眠っているアンナを見ながらなんとか起き上がろうとしたが、できなかった。なんてこった、すっかり弱くなっちまった。軽い当惑を覚えながら、なんの気なしにアンナの頬に触れると、彼女はたちまち目を覚ました。

「ダニエル」アンナは彼の体を両手で抱き、ささやいた。「ダニエル、わたしがわかる？」

ダニエルはつらいのを我慢して眉を上げた。「ほぼ四十年間もいっしょに暮らしたお前を、このわしが忘れるとでも思ってるのかい？」

「いいえ、思ってないわ」アンナはいかにもうれしそうにいうと、ダニエルの唇にキスをした。

「わしの隣に来れば、もっと快適かもしれないよ」

「あとでね」アンナはそういい、ダニエルのまぶたを上げると瞳孔《どうこう》を点検した。

「わしを突いたり刺したりするのはやめてくれないか。わしは本物の医者に診てもらいたいんだから」ダニエルはそういい、にやりとした。

アンナはベッドの横のボタンを押した。「目はかすんでない？」

「お前のことはよく見えるよ。初めて会った晩ワルツを踊っていたときと同じようにきれいだ」

「幻覚症状だわ」アンナはそっけなくいうと、部屋に入ってきた看護婦を見上げた。「フェインスタイン先生を呼んでちょうだい。マクレガーさんが目を覚まして、本物の先生に会わせろとおっしゃってるのよ」

「はい、ドクター・マクレガー」

「お前がそう呼ばれるのは、いつ聞いてもうれしいな」ダニエルはささやき、一瞬目を閉じた。「ところで、被害はどの程度なんだい？」

「脳震盪《のうしんとう》を起こして、肋骨《ろっこつ》を三本折って、それから——」

「わしが被った被害じゃなくて、車のだよ」ダニエルはじれったそうにいった。

アンナは歯ぎしりしながら腕組みした。「ちっとも変わってないのね。どうしてあなたのことなんか心配したのかしら？　子どもたちにも余計な心配をかけるんじゃなかったわ」

「子どもたちだって？」ダニエルはぱっと明るい目をした。「子どもたちを呼んだのか？」

「ええ、あの子たちに謝らなくちゃ」

「やつらは来たのか？」

「もちろんよ」

「それで、お前たちは何をするつもりだったんだ？　お通夜か？」

「その準備をしたかったのよ」

ダニエルはアンナをにらみつけ、ドアのほうを顎で示した。「よし、やつらをここへ寄こせ」

「あの子たちなら、ゆうべ家に帰したわ」

ダニエルは口をぽかんと開けた。「家だと？　つまり、やつらはここに泊まらなかったというのか？　父親が死にかかっているというのに、スコッチを飲みに戻ったというのか？」

「ええ。残念ながら、あの子たちは肝心のときに役に立たないみたいよ。父親に似たのね。ほら、フェインスタイン先生が見えたわ」アンナは夫の手を軽くたたいてからドアに向かった。「先生とふたりきりにしてあげるわね」

「アンナ」

アンナはドアの前で立ち止まり振り向いた。「なあに、ダニエル？」

「ほどほどで戻ってくるんだよ」

「そうしなかったことがあって？」

アンナは集中治療室から直接自分のオフィスへ行くと鍵《かぎ》を閉め、二十分間たっぷりと泣いた。測り知れない安堵感《あんどかん》と愛情とで胸がいっぱいになり、涙がとめどなくあふれた。泣き終わったあと冷たい水で顔を洗い、電話に向かった。

「ケイン」

「ママ、今電話しようと思ってたところなんだよ。パパは……」

「あなたたちに会いたがってるわ。大事なスコッチを飲まれたんじゃないかって心配してるのよ」

ケインは一瞬押し黙った。「……パパに伝えてよ、大して飲んでないから安心しろって。ママはだいじょうぶ？」

「元気よ。レナに、こっちへ来るとき、わたしの着替えも持ってきてって伝えてちょうだい」

「三十分でそっちへ行くよ」


「死ぬ間際にならなければ、子どもたちに訪ねてもらえないとは情けないな」包帯にくるまれたダニエルは、枕《まくら》に寄りかかりながら毒づいた。

「肋骨を二、三本折っただけじゃないの」セレナは軽い口調でいうと、ベッドの足もとから、父親のつま先をつねった。そんな彼女も、ゆうべはジャスティンの腕の中でまんじりともしなかったのだ。

「はっ！　この管をわしの胸につけてくれた医者にそのことばを聞かせたいくらいだ。それにお前は孫さえ連れてこないじゃないか」ダニエルはセレナをほんの一瞬にらみつけると、今度はケインのほうを向いた。「それに孫娘もな。この分じゃ、わしが今度また孫たちに会うころには、あの子たちは大学生になってるだろう。ひょっとしたら、わしのことなんか知らんというかもしれない」

「ローラにはパパの写真を週に一度見せてるよ。そうじゃなかったっけ？」ケインはダイアナの手を握りしめたままいった。この二十四時間を耐えられたのも、ダイアナがいてくれたおかげだ。

「日曜日ごとにね」ダイアナが調子を合わせた。

ダニエルは不服そうに口をとがらせ、グラントとジェニーのほうに振り向いた。「グラント、きみの妹が来られなかったのには、恐らくわけがあるんだろうな。それに、アランは我が家の長男だが、彼が妻といっしょにいるのも当然のことだ。出産を二、三週間後に控えた妻を持つ夫としては」

「何かわけがあるんでしょうね」グラントはケインににやりと笑われ、とぼけて爪を点検した。

「元気そうだな、ジェニー。なんといっても女性は子どもを孕《はら》んでいるときに美しく花開くんだ」

「それに、成長するのよ」ジェニーはそういい返し、まるくなったおなかに手を当てた。

「あと二、三カ月もしたら、イーゼルに手が届かなくなるわ」

「椅子を使いなさい」ダニエルがいった。「妊娠した女性は一日中立ってるもんじゃないよ」

「それに、あなたは春までにここを出て、自分の足で立てるようにならないと」グラントがジェニーの体に腕を回しながらいった。「子どもが生まれたら、メーン州まで来て、名づけ親になっていただきたいんでね」

「名づけ親か」ダニエルは得意そうな顔をした。「マクレガー家の人間がキャンベル家の人間の名づけ親になるとは悲しいことだ」そういうと、にやにやしているグラントを無視するふりをして、ジェニーを見た。「でも、きみのためならそれもできる。十分に休みは取ってるかね?」

アンナが夫の手首にそっと手をすべらせ、それとなく脈を取った。「インターン終了の三カ月前にわたしがアランを身ごもったことを、この人は忘れてるんだわ。あのときはわたしの一生のうちで最高にいい気分だったのよ」

「わたしも、妊娠してるときはとてもいい気分だったわ」セレナがいった。「だからこそ、また子どもを産む気になったんだと思うの」

「また?」ダニエルがすかさずいった。

セレナは背伸びをしてジャスティンにキスしてから、父に向かってほほ笑んだ。「またよ、あと七カ月後に」

「やあ、それだったら……」

「スコッチはだめよ、ダニエル」夫の身を案じたアンナがくぎを刺した。「少なくとも集中治療室を出るまでは」

ダニエルはしかめっ面をし、ちっと舌打ちすると、精いっぱい両手を広げた。「それじゃあここへおいで、セレナ」

セレナはベッドの上に身を乗り出し父を恐る恐る抱き締めると、低い声ながら強い口調でいった。「もう二度とこんなふうにわたしを脅かさないでね」

「まあまあ、そう怒るな」ダニエルはつぶやき、娘の髪をなでた。「まるでママみたいじゃないか。この子の世話をよろしく頼むよ」ジャスティンに向かっていった。「今度の孫はスロットマシーンの前なんかで生まれてほしくないからね」

「なにしろ仕事をしているときの彼女は、自分が母親だってことを忘れてるものだから」ジャスティンがいった。

「よくわかってるじゃないか」ダニエルはそういうと、にこにこしながらダイアナに振り向いた。

「お前もがんばらなくちゃ」

「そんなに欲張らないで」ダイアナはそういい、ダニエルの手を取った。

「男はある年齢に達したら欲張りになってもいいんだよ。そうだろ、アンナ？」

「女は、どんな年齢のときでも自分で決断していいのよ」

「はーん！」ダニエルは至って満足そうに、部屋中を見回した。「この話は前に一度もしなかったと思うが、お前たちのママは、まだそれがはやり出す以前から男女同権を叫んでピケを張ったんだ。ママとの暮らしは試練の連続だったよ。アンナ、脈を取るのはやめてくれないか。男にとって家族に勝る薬はないんだから」

「それじゃ、もう少しお薬をあげたほうがいいかしら?」アンナがドアの外にいる看護婦にうなずいて合図をすると、シェルビーを乗せた車椅子を押しながら、アランが部屋に入ってきた。

「これはなんだ?」ダニエルはアンナの手をぎゅっとつかんで起き上がろうとしたが、アンナに引き止められてまた元の姿勢に戻った。

「これは——」シェルビーはそういいながら、腕にかかえた小さな包みを開いた。「ダニエル・キャンベル・マクレガーよ。年齢は八時間と二十分。そして、おじいちゃまに会いたいんですって」

アランは息子を抱き上げ、ダニエルに抱かせた。「信じられん」ダニエルは涙で目を潤ませながらつぶやいた。「孫だよ、アンナ。鼻がわしとそっくりだ。ほら、わしにほほ笑みかけてる。でかしたぞ、アラン」

「ありがとう」アランはまだ息子に見とれたまま、ベッドの端に座っていた。

「キャンベル、確かキャンベルといったな?」ダニエルは出し抜けにそういうと、シェルビーをじっと見つめた。

「ええ、いいましたわ」シェルビーはアランの手を握りながら立ち上がった。分娩室《ぶんべん》を出てから、まだ九時間とたっていなかったが至って元気だ。「だって、あなたがいくら認めたくなくても、この子の体に半分キャンベル家の血が流れているのは確かなんですもの」そういったとたんに兄にくすくす笑われ、つんと顎を上げた。「恐らく最高に優れた血が……」

ダニエルは一瞬きらりと目を光らせたが、やがて大きな口を開けて笑い出した。「やれやれ、口の減らない娘だ。それにしてもダニエルと名づけたのはいいセンスだよ」

「わたしが愛し、尊敬しているだれかさんの名まえをもらったのよ」

「それは、うれしいね」ダニエルはアランにしぶしぶ合図して赤ん坊を引き取らせると、シェルビーの両手を自分の手で挟んだ。「きれいだよ」

シェルビーはうっすらと涙を浮かべながらほほ笑んだ。「自分でもそう思うわ」

「彼女がお医者さまをののしるのをパパにも聞かせたかったたな」アランはいかにも楽しげにいい、シェルビーのこめかみにキスした。「赤ん坊は、先生に干渉されないで家に戻ってから産むって脅したんだから。もしダニエルがここで生まれると決めなかったら、彼女はそうしていたかもしれないな」

「わかるよ。自分の仕事をしたいときに、医者に周りをうろつかれるなんて最悪だ」ダニエルはそういうとちらっとアンナにほほ笑みかけ、またすぐシェルビーのほうを向いた。

「さあ、もう自分のベッドに戻りなさい。具合が悪くなったらたいへんだ。すばらしいプシェルビーは身を乗り出し、ダニエルの頬にキスした。「おじいさまだってわたしにすばらしいプレゼントをくださったわ。アランよ。愛してるわ、穴熊《あなぐま》さん」

「キャンベル家もご同様さ。さあ行きなさい」

「そろそろみんなにも帰ってもらわないと、わたしが病院からこってり油を搾られるわ」アンナがいった。「パパだってたっぷり休めば、あしたの朝には集中治療室を出られるんですからね」

子どもたちはそれでもぐずぐずし、ダニエルも未練たっぷりだったが、アンナはなんとか全員部屋から追い出し、ベッドに戻った。「さてと、あなたの周りをうろついてばかりいたものだから、仕事が山とたまってるの。あなたも眠るといいわ」

ダニエルは急に弱気になった。「まだ行かないでくれよ、アンナ。疲れてるのはわかるが、あともう少しだけここにいてほしいんだ」

「わかったわ」アンナはいったん留めたベッドガードをまたはずし、夫の隣に腰を下ろした。「おやすみなさい」

「わしらは、ずいぶんいい仕事をしたとは思わないか？」

アンナはダニエルが子どもたちのことをいっているのだと気づいてほほ笑んだ。「ええ、わたしたちいい仕事をしたわ」

「後悔はしてないかい?」

アンナは当惑し、首を振った。「なんてばかな質問だこと」

「いいや」ダニエルはアンナの手を取った。「ゆうべ夢を見たんだ、お前の夢を。それは、わしたちが初めて会った晩から始まった。初めてワルツを踊ったときから」

「夏の舞踏会ね」アンナはつぶやいた。今にも、病室に月光が差し込み、花の香りが漂ってくるような気がして、ほほ笑んだ。「きれいな夜だったわ」

「お前がきれいだったんだ」ダニエルが訂正した。「そして、わしはお前にひと目惚《ぼ》れした」

「あなたは尊大で——」アンナは初めての出会いを思い出し、ほほ笑んだ。「とても魅力的だったわ」そういうと、夫の唇にゆっくりとキスした。「今でもそうよ、ダニエル」

「わしはもう年寄りだよ、アンナ」

「わたしたちふたりとも年寄りだわ」

ダニエルは妻の手を唇に押し当てた。何十年も前にプレゼントした指輪が、まだ妻の指を飾っている。「それに、わしはまだきみが欲しいよ、今まで以上に」

アンナは病院の規則や手続きを無視して、夫の隣に横たわった。「こんなことをしたらわたしの評判はがた落ちだけど、それでも構わないわ」そういって目を閉じた。

「評判を気にするとは立派だな」ダニエルはそういうと、妻の髪を唇でこすった。髪は何十年も前と同じにおいがした。「不思議だな、アンナ。わしはいまだに、ピーチパイに強いあこがれを持ち続けているんだ」

アンナはしばらくそのまま横たわっていたが、やがて目を開け大声で笑った。「あなたが個室に移ったらすぐにね」

《マクレガー家》シリーズ　ＭＩＲＡ文庫刊行リスト

既刊作品

『反乱』　二〇〇三年一月
『真珠の海の火酒』　二〇〇三年三月
『夢よ逃げないで』　二〇〇三年五月
『ポトマックの岸辺』　二〇〇三年七月
『嵐のソリチュード』　二〇〇三年九月
『白いバラのブーケ』（本書）　二〇〇三年十一月

二〇〇四年以降刊行予定作品

『マクレガーの花嫁たち』
『マクレガーの花婿たち』
『光と闇のカーニバル』
『不機嫌な隣人』
『一七七三年の聖夜』

訳者　久坂　翠

東京生まれ。早稲田大学で仏文学を専攻。出版社勤務を経て翻訳者となる。主な訳書に、リンダ・H・アントン『「産まない女」として生きるあなたへ』、ダイアン・ファー『女の子の掟　恋の掟』（以上、KKベストセラーズ）などがある。また、ハーレクイン社のシリーズロマンスを多数翻訳。

●本書は、1988年4月に小社より刊行された作品を文庫化したものです。

白いバラのブーケ

2003年11月15日発行　第1刷

著　　者／ノーラ・ロバーツ

訳　　者／久坂　翠（くさか　みどり）

発 行 人／スティーブン・マイルス

発 行 所／株式会社ハーレクイン
東京都千代田区内神田1-14-6
電話／03-3292-8091（営業）
03-3292-8457（読者サービス係）

印刷・製本／大日本印刷株式会社

装 幀 者／土岐浩一

表紙イラスト／鈴木ゆかり（シュガー）

定価はカバーに表示してあります。

ISBN4-596-91083-9

MIRA文庫

ノーラ・ロバーツ 森 あかね 訳

真珠の海の火酒

勝気な敏腕女ディーラー、セレナ・マクレガーは、豪華客船のカジノで出会った男と、人生の賭に出る！ 大人気マクレガー・シリーズ第1弾。

ノーラ・ロバーツ 森 あかね 訳

夢よ逃げないで

結婚した兄との20年ぶりの再会は、運命の出会いを連れてきた。駆け出し弁護士ダイアナの、恋の駆け引きの行方は？ マクレガー・シリーズ第2弾。

ノーラ・ロバーツ 森 あかね 訳

ポトマックの岸辺

家柄や権力を疎み、自由な生き方を愛するシェルビー。皮肉にも政治家アランと出会ってしまうが…。マクレガー・シリーズ第3弾。

ノーラ・ロバーツ 高見 暁 訳

嵐のソリチュード

妹を亡くし放浪の旅に出た画家ジェニーはある嵐の夜、風刺漫画家グラントと出会う。だが彼の心は固く閉ざされていた！ マクレガー・シリーズ第4弾。

ノーラ・ロバーツ 橘高弓枝 訳

反 乱

18世紀スコットランド。イングランド貴族ブリガムは、マクレガー氏族のカルと共に、正義を掲げ蜂起した。大人気シリーズのルーツ、刊行！

ノーラ・ロバーツ 入江真奈 訳

ハウスメイトの心得

作家志望のジャッキーが借りた家に、構想中の西部劇の主人公そっくりな男性が現れた！ ベストセラー作家が描くハッピーなラブストーリー。

MIRA文庫

ノーラ・ロバーツ
森　洋子　訳

ホット・アイス

宝をしめす手記を横取りし、車を奪って逃走するが、車の持ち主の女性に仲間に入れろと迫られた！　宝石泥棒と令嬢のアドベンチャー・ロマンス。

ノーラ・ロバーツ
堀内静子　訳

プリンセスの復讐（上・下）

母の祖国アメリカで暮らす中東の王女の素顔は、憎しみに燃える宝石泥棒だった。王国で開かれた結婚式の夜、彼女は静かに標的へと向かう。

リンダ・ハワード
松田信子　訳

炎のコスタリカ

捕らわれの屋敷から救い出してくれたのは、危険な匂いのする男。深い密林の中、愛の炎が熱く燃える。ロマンスの女王、MIRA文庫初刊行！

リンダ・ハワード
落合どみ　訳

ダイヤモンドの海

全裸で浜辺に流れ着いた、瀕死の男。理由を聞かずかくまうレイチェルの周りに、次第に不穏な影が…。運命が呼び寄せた、危険な愛。

リンダ・ハワード
米崎邦子　訳

瞳に輝く星

プライドの高いミシェルとプレイボーイ牧場主ジョン・ラファティーが10年越しの想いを胸に激しく衝突。そしてふたりに、命の危機が迫りくる。

リンダ・ハワード
中原聡美　訳

カムフラージュ

元夫と信じ看病したのは誰？　重体で記憶までなくしていた男の顔の包帯をとった時…。いつしか生まれた愛、嘘と危険のラブ・サスペンス！

MIRA文庫

サンドラ・ブラウン　松村和紀子 訳

しあわせの明日

ベトナム未帰還兵の夫を待ち続けるキーリーはエリート議員ダクスと運命的な恋に落ちた。しかし二人のしあわせな未来を戦争の爪痕が阻む！

サンドラ・ブラウン　新井ひろみ 訳

27通のラブレター

自分宛でないとわかっていても、傷を負った男にとって、それだけが生きる支えだった。手紙が心を結びつけたせつなくやさしいラブストーリー。

サンドラ・ブラウン　松村和紀子 訳

ワイルド・フォレスト

墜落事故で晩秋の森に見知らぬ男と取り残されたラスティ。いつ来るとも知れぬ救助を待ち、ふたりだけのサバイバル生活が始まった。

エリカ・スピンドラー　平江まゆみ 訳

密使

連続殺人犯〝闇の天使〟の目的は暴力男を根絶やしにすること。警官メラニーは捜査の中、女たちの心の闇にはまりこんでいく。悲劇の連鎖の行方は？

アレックス・カーヴァ　新井ひろみ 訳

悪魔の眼

すでに死刑執行された連続殺人犯。だが人々を嘲笑うように殺人は続く。真の悪魔はどこに⁉サイコ・スリラーの新鋭、鮮烈なデビュー作。

アレックス・カーヴァ　新井ひろみ 訳

刹那の囁き

マギーの周囲の人物が次々と殺される…。脱獄した宿敵スタッキーと、いよいよ決着か？　FBI特別捜査官マギー・オデール・シリーズ、『悪魔の眼』続編。